牵着蜗牛去散步

白小云 著

江苏凤凰文艺出版社
JIANGSU PHOENIX LITERATURE AND
ART PUBLISHING, LTD

图书在版编目（CIP）数据

牵着蜗牛去散步 / 白小云著. —南京：江苏凤凰文艺出版社，2020.4
ISBN 978-7-5594-4772-2

Ⅰ.①牵… Ⅱ.①白… Ⅲ.①短篇小说-小说集-中国-当代 Ⅳ.①I247.7

中国版本图书馆 CIP 数据核字（2020）第 057181 号

牵着蜗牛去散步
白小云　著

出 版 人	张在健
责任编辑	查品才　张恩东
装帧设计	王　平
责任印制	刘　巍
出版发行	江苏凤凰文艺出版社
	南京市中央路 165 号，邮编：210009
网　　址	http://www.jswenyi.com
印　　刷	江苏凤凰通达印刷有限公司
开　　本	880 毫米×1230 毫米　1/32
印　　张	7.75
字　　数	117 千字
版　　次	2020 年 4 月第 1 版　2020 年 4 月第 1 次印刷
书　　号	ISBN 978-7-5594-4772-2
定　　价	35.00 元

江苏凤凰文艺版图书凡印刷、装订错误可随时向承印厂调换

在生活中飞扬

范小青

白小云挚爱写作,这个她曾经和我聊过。不止一次。

其实,就算她不说,谁还看不出来呢。

她从一所中学考试考进了一个和文学和写作联系在一起的单位,这样她每天都可以接触到心底里的最爱。

不过我也知道,她教师生涯经历的那一切,仍然留在她的心底深处,并没有远去,她始终没有丢弃它们。

这就有了白小云和其他一些作家不一样的特色,她的写作,好像一直就是挑着两副担子:文学+教育。

文学是她心底永远的爱,教育则是她不可推脱,也永远不会推脱的责任,将爱和责任紧紧连在一起,白小云的写作,原动力不断,她的文学作品的选材,常常离不开教育,以至于,这一次她的小说集要出版了,她给自己的这部小说集取名为《牵着蜗牛去散步》。

说实在的,这个书名,乍一看,会以为是一本谈教育的理论著作,或者是一本教育实践的漫谈。但其实,老师白小云早已经转换成作家白小云,教育的实践、老师的生涯和经历,是她文学创作永不枯竭的仓库,而文学的创造,才是她最终要到达的目的地,是她照进现实的梦想。

白小云的教育实践,既因为她自己当过老师,同时也因为她是一位母亲,家里有一个正在成长中的孩子,学校和家庭双重的教育责任,使得白小云老师在转换角色以后,仍然以教育题材作为她文学创作的主要源泉,用文学生动体现教育、阐释教育,是她文学创作的最强大的推动力,于是,《牵着蜗牛去散步》就这样日积月累地产生出来了。

白小云看上去比较柔弱,比较温顺,但是我感觉在她柔弱和温顺的背后,有着许许多多的疑问、困惑、思考,她有许多想法,也有很多她解答不出的难题,她整个人都沉浸在这些想法和难题之中,也有的时候,她甚至会怀疑自己的想法,不知道该怎么办,不知道该向何方。

这很好。

这就是文学的开始,这就是小说的开始。

因为这种时候,写作是最好的办法。

当然,这个办法,并不是对每个人都适用,但是对于白小云来说,无疑是最适用的。

在写作中,她可以去厘清许多想不通的事情,当然也会有许多仍然没有厘清,但是,写了和没写,人就完全不一样了。

写了,起了皱褶的情感就舒展了,偶尔低沉的情绪就饱满了,也许她仍然是困惑的,但她不再为困惑感到慌乱;也许她仍然面临许多难题,但是难题已经成为她人生收获的重要渠道,这是小说的福利、是文学的影响。

白小云收录于这部小说集的小说,无一例外和教育有关。无论在学校,还是在家里;无论是老师,还是学生,或是家庭成员,所有的人,所有的事,都在教育这个大舞台上,表演着文学的戏码。

读这些小说,假如你是老师或是学生,你一定身临其境,感同身受;假如你和你的家人已经走过那些年岁,你会因为这些小说勾起回忆,往事会随着小说中的故事和人物走到你的面前,就像你重回了昨天一样。

白小云的小说特别接地气,来自生活和对生活真切、深切的感受,所以,才会让我们不由自主地跟着她的文字和故事,一起去观看和了解文学中的教育、小说中的教育。

从低幼孩童到高中毕业生,从老师到爸爸妈妈、爷爷奶奶,白小云在这数十篇的小说中,写遍了与学校教育和家庭教育有关的人和事,这是题材相对集中的一部小说集。

《挂在墙上的孩子》中的爸爸妈妈,对于培养孩子的不同理念,对于孩子到底应不应该"挂在墙上"意见不一,但是小说并没有写谁对谁错,只是写出了家庭生活中常见的情形,比如父子下围棋,在过程中,孩子耍赖,然后写父母的态度。这样的事情,可以说是极具普遍性的,生活中大概比比皆是,家家都有。但是到了小说里,它就是跌宕起伏的生动情节,就是鲜明鲜活的人物性格,通过简洁的方式,提升出复杂的结论,那就是生活中孩子成长的一地鸡毛,生活中教育方向的几难选择。

《不,妈妈》写了三代人的冲突,不同的经历、不同的理念,造成了三代人的隔阂和相爱相杀,小说虽然写得不动声色,但是读来却是惊心动魄。

《第十二遍》写了一位成长中的老师,文字十分细腻温和,却蕴含着较强的感人力量,通过这样的语言,作者将人物的纷繁复杂的心情、细微的情感变化、深藏的内心矛盾,都写得十分到位,把握得十分准确。

白小云小说的另一个特点,就是语言的使用既贴切妥当又鲜活生动,细节的安排精心而又自然,恰到好处地体现了小说的用意。

比如《第十二遍》里的高何老师,因为对上公开课的认真执着,导致晚上失眠,小说写到"闭着的眼皮里有一个小型剧场,自动播放已经上过的每一遍课",十分传神。

再比如《挂在墙上的孩子》中,写孩子成长中爸爸妈妈的烦恼,完全是生活化的,在结尾处,无奈的爸爸一个人闷坐在车里,忽然听到收音机里传来"最臭运动鞋奖"颁奖现场录拍的欢呼声,"最后他'扑哧'笑了,都三十八届了"。这是生活的两个切面,小说用一个小小的细节充分地体现出来了。

《牵着蜗牛去散步》中的小说,十分生活化,但是,生活化并没有让小说淹没在生活之下,小说中处处有艺术的闪光点,能够从生活中飞扬起来。所以,白小云的小说,既是脚踏实地的生活流,又有高高飞扬着的对理想的追求;既有令人感同身受的真实,又有让人浸润其中的艺术感染力,这也是白小云漫长的文学道路上的一个转折点、一个新起点。

目　录

不,妈妈 …………………………………… 001

挂在墙上的孩子 ………………………… 025

有时候 …………………………………… 049

为母女时 ………………………………… 073

第十二遍 ………………………………… 092

监考 ……………………………………… 115

意外 ……………………………………… 137

花仙子 …………………………………… 161

美美的年 ………………………………… 180

老同学 …………………………………… 203

人的教育 ………………………………… 231

不，妈妈

小柯出生在一个大吉的日子。

怀孕之初,母亲芝香极力劝说茉莉把孩子留下,这是一次意外的怀孕,茉莉身体里的节育环掉了,而茉莉不知。"罚款就罚款吧!"母亲鼓励茉莉。几天后,母亲找了一个八十几岁的老中医朋友上门替茉莉把脉,茉莉没吃早饭,饿着肚子听从他的吩咐坐着、躺着,他仔细看茉莉的脸、身形,好像辨认一个许久不见的故人,苍老的手指放在她的寸、关、尺上,探知血脉里的秘密,静静聆听、思索许久,"左寸有力。"老中医对芝香说。茉莉听出来自己怀的可能是一个男孩。

后来母亲又带她拜访当地有名的大仙,把女儿和女婿的八字给他,为她腹中的孩子挑一个降临世界的好日子、好时辰,父母与孩子能相和相生。自然生产的造化总有缺憾,选一个好时辰剖宫产,却能改造命运。母亲给她洗脑,吃过第一次难产苦的茉莉经不起母亲的劝说,同意了。"聪明活泼、大富大贵、健康长寿吧。"当大仙问及对孩子的期待,茉莉许愿一般说出一串自己也意料不到的话。"她顺产了我,我和她的关系是老天给的。"当时她看着母亲芝香卷发丛里冒出的白发根,暗自想道。自己再次怀孕后,她和母亲的关系缓和了,她重新变成从前那个被母亲悉心照顾、严厉管教的小孩,理所当然又有所不安地享受爱护。

小柯出生在选定的那个好日子好时辰,那天主刀的医生、护士都在,刚吃过午饭,他们没被任何突发情况打扰地睡了一个小小的午觉,他们精神饱满,思维状态和动手能力都十分良好,而待产房正好有一张空床位留给茉莉,没有任何意外使小柯错过未来与父母、与自己友好相处的神秘时间段。

一切都是精心安排的,这是一个上天赐予的孩子,作为上天赐予的孩子的家长,茉莉被母亲芝香带动着,努力介入到种种不可能的力量信仰中去。在这之前,茉莉生小娜的时候,茉莉还不相信人为介入具有强大的后天改造力,她和丈夫李由都是顺其自然的人,譬如茉莉上班上到挺着大肚子走不动路,领导见她每天挺着颤巍巍的大肚子觉得害怕,主动提醒她可以请假休息,她在家休息到见红了才去医院,然后在产科走道的临时床位上折腾了二十几个小时,才生下小娜。

虽说是剖宫产,但因为有强大的命运加持,小柯人生的开端就表现不俗,他比小娜好带,小娜小时候三天两头生病,而小柯生病的次数明显要少很多,他表现出顽强的生命力,即便冻着了,也只是流鼻涕,不会像小娜那样,稍不注意就变成发高烧,咳嗽久治不止又变成慢性肺炎、慢性支气管炎。小柯比小娜活泼,对新事物表现出极大兴趣,上幼儿园后,每次班里展出的作品都有他稚嫩而精彩的一笔。小柯比小娜小两岁,小柯小班时掌握的汉字、背出的唐诗、知道的汽车类型、说出让人哈哈大笑的话,都已经赶上大班的姐姐小娜。小柯上中班时,经常安静地看上一年级的姐姐读书写字,他跟着姐姐背课文,跟着学十以内的加减法,他读姐姐的书,并很快得出结论——没有他的课外书有趣。为了陪外孙小柯读课外书,母亲芝香配了一副折叠老花镜,平时揣在兜里,需要时即可拿出来戴上。弟弟与姐姐两岁的距离逐渐消失。

这些区别茉莉和芝香都看出来了,她们保持愉快的沉默,这么多年来她们首次成功合作——在下一辈的身上。

小柯三岁开始学围棋,芝香对此不但非常赞赏,还积极支持,她在云城一所高校里做财务,"往来皆鸿儒",她的那些教授同事们的孩子很多都学围棋,实践效果证明,围棋对开发孩子的智力、练习思维能力有很好的作用。芝香按照同事们的经验,推荐教学效果良好的围棋学院给茉莉,还亲自带着小柯满城跑,赶每周两次的围棋课。云城第一批围棋五段小棋手诞生后,芝香排除万难联系上了左良臣老师,带小柯投到他的门下。左老师的时间已经排满,芝香厚着脸皮托人请求,硬是让左老师为小柯挤出周末的一个小时,一个小时一百块钱,那时候,这是拼命的了。

小柯下棋,芝香陪着;小柯画画,芝香陪着;小柯睡觉,芝香陪着。她长时间地看着小柯,目光柔和、坚定,仿佛开始一桩艰难又伟大的事业——初战就频获捷报,多么叫人惊喜。

茉莉生下小娜的时候,芝香可不是这样,也许因为那时她还未从不满意中转身出来——女儿的婚姻那样自作主张,她曾说过老死不带茉莉的孩子。母亲曾经那么悔恨流产了一个孩子,"已经成形了,医生说是男孩儿。""那时没有人替我们带孩子,每天忙得屁滚尿流,没有把怀孕放在心上。"在茉莉的学生时代,芝香常说这类话,好像因为要带茉莉,那个男孩才消失的……总之,自从茉莉怀上小柯,芝香就忘记了自己说过的所有狠话。

"那个孩子又回来了?"茉莉有时看着儿子小柯,想象母亲流产掉的那个男孩儿的样子,大约就是小柯这样了。母亲说过"小柯的长相就是最好的男人长相"。

茉莉暗中配合母亲,悄悄纵容母亲对小柯的更多拥有,母亲陪小柯在房间里下棋,她不会进去打扰;母亲陪小柯出去玩,她不会催促她回来;母亲批评小柯时,她不唱反调。有时她想如果母亲对小柯发火,她一定会站在母亲这边,维护她的权威,述说外婆对小柯独特的爱——连她的亲生女儿茉莉都没有享受过。但是母亲不对小柯发火,她光凭浓郁的爱与无所不在的威严就能够把小柯管好。

有一次,家里没有人,小柯跑进厨房玩,等茉莉发现动静时,油桶里十斤菜油完全泼尽了,水泥地板浸透在金黄色的油里,黑得发亮,小柯在油汪里赤脚站着,正玩得起劲,油汪里还倒着散落的米。茉莉把他从油汪里揪着耳朵拎出来,她忍着怒气把地板上层的油舀起来,米淘洗干净。吃晚饭时,母亲只是轻描淡写地告诉小柯粮食不是玩具,玩坏了就不能吃了。

仅仅是这样！茉莉感到吃惊，类似的事情，在她的记忆里，是要被母亲打手心直到手肿、罚站直到认错、长时间的数落及事后不断地被提起的。在茉莉成长的旅程中，母亲从来没有哪怕稍微细心地考虑过一个小女孩儿的承受力，茉莉甚至曾因为不服气的眼神，而被母亲要求脱下"他们给她的"衣服、鞋子，赤身裸体地站在家门口，那种羞愧曾使茉莉长久害怕陌生人，恨母亲的残酷、恨父亲对母亲的纵容、恨自己总是让母亲心情变糟。茉莉为小柯躲过一场责难松了一口气，本来她会沿着母亲在她记忆里种下的经验去教训他，让他长记性。但是她信任母亲，当然也包括她的每一种转变，何况母亲的温和更像是一个人的短暂失忆，令人质疑，茉莉不敢让母亲警觉她忘了什么。

她接过母亲的话对小柯说，下次不许这样，这些油、这些米都是花了许多钱买来的，世界上没有任何东西可以捡来。她正说着，感到埋头吃饭的母亲眼睛里有警告她的目光。她迅速看了下母亲，确认她目光里的东西逐渐变得和当年打她手心、罚她裸体的母亲一样，她心慌意乱，乖乖住嘴，她害怕母亲不高兴，小柯替她赢得母亲的欢乐，这的确让她轻松、骄傲。这么一想，她对小柯的怒气转换成另一个念头:"他还小,长大了绝不会这么调皮。"

小柯上一年级时,李由有机会被公司安排去苏城,一年可以多出十万收入。尽管带两个孩子已经十分辛苦,无法想象少了一个帮手会怎样(即便他只是偶尔抱抱哄哄孩子),茉莉还是支持他出去,十万额外收入是底气,可以请帮工(请帮工哪能用掉十万元),十万还是走向二十万、三十万以及更多的台阶,未来的老总都是一步步磨炼出来的,茉莉虽然只是一个小女人,心中却有大格局,她要李由去证明自己,芝香当初怎么说的?她说李由是单亲家庭出来的孩子,又只是大专毕业,气度和能力都看不出有多大出息。母亲出言自信,她的判断和阻挠差点扼杀了茉莉的爱情。

李由去了苏城,母亲便把她的东西全搬了过来。小娜和小柯住一间房,共用一张书桌,书桌的两边是他俩各自的小床。开始,母亲和小娜挤一张床,都是女的,小娜受宠若惊——与小柯相比,她在外婆那里获得的爱护实在太少。后来,母亲半夜下床给踢被子的小柯盖被子,"一晚上把被子踢跑多少回?"芝香抱怨说,冬天下床冷飕飕的。芝香干脆和小柯睡一个被窝,小柯的一双小脚丫夹在芝香的胳肢窝里,被子卷成卷饼,卷饼里一头是小柯,一头是芝香。这样芝香终于搂着小柯的脚丫子睡上了安心觉。

三年级时小柯拿下了围棋业余五段。每一个段位升级都要经过许多盘厮杀,而获得和具有相当实力的对手厮杀的资格前,要下数千盘棋,每一盘棋都要复位:下输了,输在哪一步上?一步步回想起来,先在棋盘上黑子白子一颗一颗重新下,找到改变棋盘命运走向的那一步,再是思考如果换一个走法,对方将做出的一连串相应改变。到小柯这个级别的棋,所有的失败都不可能是到了眼前忽然降临的,正如苹果在呈现彻底腐败的黑暗面目之前,早就暗暗发酵、散发出致人眩晕的微微酒香,他要发现自己的疏忽、轻敌、得意或者太过谨慎、保守,还有冒进、急躁,他要发现对手的疏忽、轻敌、得意或者太过谨慎、保守,还有冒进、急躁。

五段比赛那天,春寒料峭,母亲盘了头发——前晚在理发店盘好了,几十个黑色小发夹固定住,经过一晚的睡眠还一丝不乱(好像一夜不曾睡觉),还穿了一件紫色金丝绒的长袖旗袍。茉莉知道这件衣服,是父亲送给母亲的,重要纪念日,她才穿。小柯坐在棋盘前,母亲给他穿了一件假领子,领子底下别了一个黑色领结。茉莉发现,九岁的小柯侧面有点像父亲——父亲那样令人感到肃然起敬的安静。

茉莉送母亲和小柯出门,她知道比赛不易,母亲夸耀小柯时的那些搏杀场面听起来惊心动魄。小时候,母亲也曾让茉莉学围棋,茉莉学了一段时间,实在没兴趣、提不高战绩就放弃了。和围棋有关的所有陪同自然都是母亲亲自进行,母亲说"你看不懂"。"看不懂"让茉莉对不断晋级的小柯怀有敬意。母亲陪小柯去打比赛,茉莉带五年级的小娜去上作文辅导班,小娜已经能写出诸如"大树的一生要经历多少风雨""我被那看不见硝烟的战争压得喘不过气来"的语句,常常被老师红笔圈出,作为优美句子朗读。小娜的细腻敏感倒是和茉莉一样,女儿虽然不像小柯那样有一步几个台阶的学习能力,但是她活泼有趣。因为有小柯,茉莉对小娜没什么太高要求,女儿家的,乖巧懂事健康就好,将来嫁一个好人家。

说起好人家,茉莉想到的第一个标准就是父亲,然后是自己的丈夫李由。李由出去两年,正儿八经地长本事了,周末她带孩子们去看他。他们一般去他的住处,公司给他置了一个三室一厅,周末她把那个三室一厅当作家,孩子们在客厅大桌子上做作业,她去小区菜场买菜,在厨房里烹煮,李由是单亲家庭出来的,独立性强,屋子整理得干干净净。他跟着她在厨房里切菜端碗,闲着便搂着她的腰腻歪。有时他把他们安排在五星级宾馆里,知道她在家带孩子辛苦,干脆吃喝洗买都不用她动手了。这样的丈夫,有斗志、肯努力,不断地拿出成绩和进步来证明自己的优秀,茉莉是满意的。丈夫在外多年,在李由看来是谋求更大发展,在茉莉看来是证明自己的眼光。

茉莉会不经意间对孩子们提起父亲——他们没有见过面的外公——应对孩子们好奇的提问。她提起母亲芝香的婚姻,她自己经历的、母亲说过的、外婆说过的,糅合在一起建立起来的那个父亲(所有人的言辞也难以构成他完整的形象)。她从抽屉里找到一张父亲工作证上的照片,"喏,这是你们的外公。"她说。孩子们好奇地把脑袋挤到拇指大的照片前,小娜问茉莉:"你爸爸那时候多大?"茉莉看了一眼父亲,黑白照片上的少年只有十八岁,浓眉大眼,干净聪明,再过几年他会遇到生命中重要的几个女人,此时他自信而茫然地看着前方。小柯说:"外公真神气!"这句话让母亲流下了眼泪。可不是吗?这么个高大帅气的人,说没有就没有了,一个普通的阑尾炎,被当成了胃穿孔做了手术,术后高烧不退、昏迷,紧接着做第二个手术,第二个手术时,他已经没有了抵抗力,术后感染……那一步步是怎么走过来的,芝香不愿意想,她搂着小柯。小柯长得越来越像外公,也像外公一样聪明。

六年级时，小柯作为学校代表参加市里组织的一个澳洲游学活动。"基因好"，接到通知后，这是芝香说的第一句话。茉莉不愿想母亲夸赞的好基因是谁的，母亲还常常对茉莉说另一句话，"比你那时候好带"。从黄道吉日把他带到这个世界开始，小柯在实现母亲某些梦想上表现出强大的力量。最明显不过的是，母亲花在小柯身上的每一分钱每一滴汗水都有回报，超值回报。茉莉的经济条件已经很不错，两个孩子的费用她可以承担。但是母亲坚决要求承担小柯的费用，澳洲游学需要自费五万元，母亲跑了几趟银行，给小柯办银行卡，把自己的钱转到小柯账上，一丝不苟地去做，把辛苦储存的钱挖出一块又一块。母亲用一种充满热度的付出表明她坚决的意志：小柯必须在她的土壤上生长，吸取她的营养，接受她的阳光雨露。茉莉当时想让小娜和小柯一起去游学，互相有个照应，小娜也可以长长见识，小娜和茉莉一样默认了外婆对小柯特别深的爱，小娜的乖巧不争让茉莉有时感到心疼。茉莉联系了小柯学校的老师，说明情况，小娜的钱完全自费，只要老师们愿意带上她。但是母亲和茉莉的观点不一样，她认为茉莉帮小娜争取到的特殊照顾不仅会毁了小娜的自尊心，也会让小柯没有面子——团队里有一个靠着说情自费进来的姐姐，"这是一个精英团队,不是你自己组织的家庭聚会。"母亲对茉莉正色道,像团队的领导告知不懂事的家长。

家里换了大房子,有四个房间。茉莉夫妻一间,小娜、小柯、母亲各人一间房,买房子时是这样设计的,孩子们长大了,男孩和女孩,各方面都多有不便。到了装修的时候,母亲提出自己的房间做书房,把全家的书放在里面。"那你睡哪里呢?"小娜吃惊地问道,她预感到外婆的新建议与小柯有关。"小柯房间放两张床。"母亲说道。她向来说一不二,在这个家里她的权威远远大于茉莉和李由。李由不说话,他不关心鸡毛蒜皮的小事,茉莉思考着怎么开口,"孩子大了,恐怕不是很好吧。"她刚吞吞吐吐地说出这一句,母亲便打断了她。"当初你在我们房间打地铺睡到十几岁,还不是好好的,多大都是孩子,小柯不反对,你怎么还有意见?"母亲反问她。

被外婆的"小柯不反对"的信任鼓励着的小柯果然没有反对,茉莉找小柯聊天,她看着小柯渐入青春期的脸,和姐姐的天真相反,他持诚稳重,当母亲提到外婆的建议时,他脸上没有茉莉料想的孩子气式的抗议。他沉默了一会儿,思考下棋一般反复琢磨每一个步骤,然后他说:"外婆已经六十五岁了,外婆开心就好。"这句话说到了茉莉心里,让茉莉心酸,这么多年来,母亲对这个家庭的依赖像一种渐进的入侵,小柯的优秀懂事配合并鼓励了母亲,茉莉记忆中的母亲暴躁脾气很少在现实中展现,茉莉感谢小柯,自己当年是一个始终不能让母亲满意的孩子,小柯挽救了自己和母亲的关系。

放了两张床的小柯房间总是一尘不染,母亲亲自布置打扫这个房间。茉莉看到小柯房里的墙上挂着许多小柯的照片,和母亲一起,刚出生的小婴儿、蹒跚学步的、站在滑梯最高处不敢下来的、比赛获奖站在舞台上的、在悉尼大戏院门口的……他从小孩变成小绅士,披荆斩棘一路高歌,在照片里向所有人微笑。墙上还留着大片空白,母亲留待放以后的更多照片。这里的每一张照片都是母亲替小柯拍的,她总是带着他、陪着他,见证许多独一无二激动人心的现场。茉莉有点吃醋,作为小柯的妈妈,她不能拥有他更多,因为身体里试图讨好母亲的那个女孩儿一直没有长大。母亲为什么这么爱小柯?茉莉问自己,因为他是男孩吗?母亲只生了自己一个。因为小柯聪明懂事吗?在茉莉的回忆中,自己成长路上经历的多是母亲的不满,无论她怎么努力都无法让母亲像别人的妈妈一样开怀大笑。因为小柯像父亲吗?进入青春期后,他眉眼里的深邃越发眼熟,带着一点点懂事的压抑。

母亲参加小柯的家长会,茉莉则参加小娜的。爱建起来的围栏,没有任何人可以逾越染指。小柯的成绩持续出现滑坡,老师和芝香这位特殊的母亲交谈,让她转告小柯的父母,但芝香决定亲自教育,她只是告诉茉莉每一个教育阶段的情况。根据老师的信息,一个女孩露出了水面,芝香想方设法查到女孩的情况、她的家庭(这种家庭的孩子怎么能配上小柯)。女孩的学习成绩一般,长得也不够漂亮(小柯怎么会是这样的眼光)。母亲悄悄约了女孩,尽管她已经快七十岁了,身体有时会颤颤巍巍(茉莉他们都不说,装作没有发现),但她还是可以用非常清醒的思路和女孩聊天,轻言细语,讲述小柯的成长故事,小柯成为优秀小柯的无数个精彩瞬间,说到感动的地方眼里含着眼泪,像是要把小柯的全部交给女孩一般语重心长,又用温暖的语调、关心的话语询问女孩的情况,理解她的家庭。女孩毫不怀疑一个慈祥外婆的真诚用心,她体会到外婆对她的喜爱和呵护——因为爱小柯所以也喜欢小柯的女朋友。她和小柯必须调整状态,恋爱的事以后再说,外婆说得对,以后考上好的大学可以光明正大、认认真真地恋爱,她要爱护小柯的才华。芝香的约谈使地下恋情像得到了祝福一般,敢于面对分别,因为分别是短暂却更深刻久远的爱。

女孩信守了与外婆的承诺,没有吐露见面的事情和细节,她选择与小柯保持距离,怀着与小柯的感情进入新阶段的无比勇气。小柯默默承受了突然的距离,没有原因,没有说明,她不再理睬他。他不能向任何人谈起心中的疑问——妈妈、外婆,难受的时候他问了姐姐小娜。那时小娜初入大学,如愿以偿地进了中文系,她从女孩爱情理想主义的层面分析了那个无情者,借着某些道听途说的理论,合情合理地胡乱猜测,"也许她已经不爱你了,你们的感情也根本说不上是爱。"她得出结论,一种似乎是安慰的打击。

痛定思痛后,骄傲的小柯复活了,他要考最好的大学,进最好的专业,攻克难题一向是他证明自己的方式。外婆了解小柯,她用她的方式悄悄熄灭了一盏危险的灯,救活了一个勇敢的战士,像她一直做的那样。高三整整一年,小柯都处于十分拼命的状态。能被忘记的都不值得记忆,他在验证。他不会回头找她,走了就走了,不管什么原因。事实上他在征战的过程中心痛地发现了他们的不合适,他唾弃不告而别。高考选择学校他们意见一致,当然是最好的学校,第一志愿是最好的学校最好的专业,第二志愿是最好的学校最好的专业,孤注一掷的人生还需要犹豫什么?

高考前的感恩会,自然是母亲去参加的。每个孩子在现场左右手各拎一张凳子,一张自己坐,一张家长坐——只能一个家长有位置坐。茉莉和李由站在广场边,既可以看见升旗台上的演讲家,又可以看见母亲和小柯,广场边站了好多没有座位的家长。

七十岁的外婆是一千多个学生家长里少数的老长辈,她看起来和其他的爷爷奶奶们不同,她骄傲自信,满脸冷静而慈祥的幸福。如果和往常所有的家长会一样,小柯会是当着全年级家长同学被表扬的那一个。演讲家站在升旗台上讲述家里一只小狗的故事,这是荡开一笔的方法,在学生们专注听讲的时候,他会悄悄地把主题拉回来。那是一场预知要流眼泪的活动,如果大家听着无动于衷,或者感动却不落泪,演讲家的主题演讲效果是失败的,他自信满满地把握着全场的气氛。

从一些女生小声抽泣开始,眼泪在宣纸上晕染,小面积的湿润往干燥的区域快速奔去,有一些男生开始眼睛红了。当女生们害羞地拿出事先准备好的餐巾纸按住滚滚而下的泪水时,男生们的眼泪已经含在眼眶里。想想这个世界上还有那么多人因为贫穷、战争、饥饿而无法平安地活着,而他们多么幸运,生在这个富强和平的时代,在父母亲人的爱护中成长,十八九岁了还不懂生活真正的忧愁,所有的时间只需用来学习知识。外婆的餐巾纸湿了一张又一张,她被演讲家所说的亲人的无私付出感动了,她大张旗鼓地坦然地哭着,像前后左右情感脆弱、情绪激动的母亲们一样。当演讲家希望孩子们感谢身边一直陪伴自己的父母,放开一切害羞难为情,对母亲说一声"妈妈感谢您,您辛苦了",而父母则放下平日权威强大的面具,与孩子拥抱的时候,全场一片抽泣声。小柯转身看着外婆,她深情而害羞地看着小柯,怀着某种必然的等待。

茉莉和李由在远处看到小柯抱住了外婆,外婆像娇小的姑娘一样被他一米八的大个子揽在怀里。谢天谢地,小柯在擦眼泪,他在哭。茉莉也跟着哭起来,为这样一对独特的"母子"深情,为小柯的眼泪姗姗来迟,为自己和李由站在篮球架下的委屈——她看看边上站着的几乎都是爷爷奶奶们。

高考结束后,小柯和同学们狂欢,加入撕试卷团队,在五楼的教室外撕试卷、书本、练习本,把一切撕碎,什么都不需要带回家,没什么值得保存的,回望青春有茫茫一片大雪就行。出于对任课老师多年来"豺狼般"严厉教学的反击,他们班说好了不办"谢师宴",和老师们挥手拜拜,结束一段人际关系。岁月互不相欠,毕业就是两清。

高三毕业后的暑假特别轻松,外婆给小柯设计了很多有意义的活动,去香港参加一个大学生的游学项目,代替小柯接受了一个小学的邀请,讲讲理想和奋斗……她还考虑组织一次全家旅游,带上小娜、茉莉夫妻——李由做老总了,日理万机,但也必须听她的安排。茉莉感激李由,无论是从前母亲破坏他们的婚姻,还是后来母亲介入他们的生活,他始终宽容母亲,不与她计较。母亲七十岁了,有一晚她兴致高昂地跟大家讲起外公,他和小柯一样高大,一样的眉眼,双眼皮都是一样长窄款,讲到无法解释清楚的地方,她不断用小柯举例,跟着外公受再大的委屈她也愿意,她说。凉风习习的夏夜,一家人在别墅小亭子里听外婆讲外公,茉莉、小娜、小柯、李由都在,他们真心诚意地配合着外婆渴望的幸福,这场景美好到不可复制。

收到派出所的电话时,茉莉没能回过神来,她听不懂对方在说什么,她反反复复问了很多遍"你是谁,你说什么,请你再说一遍,你是不是打错电话了",最后确认对方并没有打错。公安在某酒店打黄,碰巧查获一个学生团队狂欢,某校刚高考完的高三毕业生,其中一个是小柯。审问家长电话时,小柯把茉莉的电话交给了警察(这时候,她是他唯一的母亲)。茉莉瞒着母亲,缴了罚金把小柯弄出来。她也瞒着李由和小娜,谁都不能知道这件事,这是秘密。青春期的男孩需要发泄一下,她在心里替他解释。

这些年来,每次看到母亲批评小柯,她仿佛看到当年芝香教育自己的场景,她鼓励自己像母亲一样做母亲,站在芝香的立场上,天地良心,那些教育的话只有自己做了母亲才能说出,然而当她帮着芝香批评时,芝香又转过来护着小柯,芝香瞪她叫她住嘴。她懊丧地站在边上,不知道怎么追上母亲的想法,她总是做错事。但是这次,她知道自己做得没错,母亲不该什么都知道、什么都参与,这是她和李由的儿子,不是母亲的。茉莉感到有些她不愿意承认的答案从心底冒出,母亲一直想生一个儿子,和父亲前妻的儿子一较高下。

她跟小柯讲过外婆的功劳,那些关键的时间点,大仙给的黄道吉日。他的优秀,是大家特别是外婆积极争取到的注定,外婆对他的偏爱和努力全家人都看到了。她给小柯打预防针——希望他真正地怀着感恩之心,认识自己的错误——为母亲如果知道后可能会有的爆发,争取一点宁静。

那天李由和小娜都出去了。晚饭后小柯要进房间,母亲在餐厅拦住了他,她擦了粉,但眼角的皱纹里丝丝缕缕嵌着显而易见的疲惫……她说:"小柯,你让外婆丢脸了,你这个事情太不光彩啦。"她还是知道了。这十几年来,她的老同事、老朋友、老邻居们都是听着她对小柯的赞美过来的。"这个孩子是来报恩的,和你那么亲,前辈子缘分深,你就等着享福吧!"他们在芝香夸赞完小柯后常常这么说,眼里是无比的羡慕。

"你怎么有脸做出这么肮脏、这么下作的事情?"疲惫的母亲像一个有洁癖的人再也无法忍受满是细菌的房间一般,终于说出一句厉害的话。这类话在茉莉的记忆中非常熟悉(也害怕),母亲的脾气天生是有话直说的,不管好话还是坏话,在对待小柯问题上母亲的耐心和克制一直让茉莉惊讶。

"嫖娼啊,嫖娼啊,"她痛心疾首,仿若唱歌一般哼着那个茉莉始终回避的词语,"你们还几个人一起去,书都读到屁眼里去啦?!"

"你脑门上插两颗眼珠是干什么用的,结交了这么一群人?"母亲开始说出越来越激烈的言辞,暴烈的君王开始复活,"我把你当人才培养,把你捧在手心里,你却把自己糟践成畜生!"

小柯一米八的个子,垂着脑袋,"享受"这么多年来因为厚爱,外婆从未施加给他的词语(外婆的激烈脾气在她对待茉莉、李由、小娜身上有所见证)。

芝香逼视他,怒其不争,一个亲手培养出来的理想坍塌了吗?她需要他给一个交代。他逐渐抬起头来,迎接外婆的目光。他脖子越挺越直,呼吸越来越粗,他打破了自己保持沉默的决定,他用将信将疑、急于求证、刺激对方的口吻说:"据说外公是你用不光彩的手段,从别人手里抢来的。"好像他之所以这么不光彩,是因为受到另一桩不光彩事情的启发。

芝香没想到他会说出这么一句,慌神了。

他从哪里听来的?这是藏在她心里几十年的问题,父亲生病后,来看他的那两个人是他的前妻和儿子,那时刚好母亲不在,她记得父亲嘱咐她喊她"阿姨",阿姨喊她"小莉",阿姨拿出一把糖塞进她口袋里,那些糖她一个人藏着吃了很久,不敢告诉母亲。

"向外婆道歉!"茉莉厉声喝止儿子,"你怎么可以这样跟外婆说话!"她试图堵住一个不该被撕开的口子。他用完全不相干的事回答外婆,简直是无赖!

"不,妈妈!"小柯立刻拒绝了她的命令。

"妈,你坐下,他考试太累,中邪了!"茉莉眼看着母亲脸色变了,赶紧把母亲扶到沙发上。母亲的变脸她是见识过的,但从未见过像今天这样绝望的。她为小柯找出一个中邪的理由,小柯的努力拼命,母亲全程都看在眼里,她应该相信小柯太过劳累的身体和精神。

"小柯,赶紧向外婆道歉!"她急急救火,母亲的表情里还有一种希望,如果小柯说清楚问题、诚恳认错,她会原谅他,"小柯,向外婆道歉!"她推着一动不动杵着的小柯,冲他眨眼睛,示意他在这个问题上赶紧低头。他一定是被外婆吓坏了,从小的懂事贴心呢?

"不,妈妈!"他再次拒绝,胳膊一扭推开茉莉的手,显示今天的他不是偶然出现。他昂着脖子,直直地站在大厅中间,他甚至不看沙发上老泪纵横、脸色发白的外婆。今天的小柯像是变了一个人。这情景多么像记忆中的一晚,母亲和父亲吵架。

"你……不——要——脸!"外婆挣扎着一字一顿说出一句。

"你背着我做的那些事,要脸吗?"小柯反问外婆,因为深知这句话的可怕后果,每个字的吐出都带着犹豫——这犹豫加深了他的决绝,叫人怀疑他在这个问题里待了多久。

"小柯,你疯了!"她几乎要冲上去扇他耳光,叫他住嘴。他指的是什么事?约谈女朋友、跟老师们结交套近乎、说他那些成绩不好的朋友的坏话、离间他们的友谊……茉莉迅速地在脑子里筛选。无论什么事,都过去了,不该再提起,特别是小柯。

"不,妈妈,你让我说!"他下决心挣脱掉一件穿了很久的棉袄,他已经被捂得浑身不适。

"不,妈妈!"乖乖的小柯第一次说这句话,一下子说了三遍。这是她心里沸腾了几十年也没有说出来的一句。

今晚是命中注定的一个夜晚吗?当年大师计算出好日子的时候,算到会有这一天吗?两个相亲相爱的人彻底翻脸了。过了今晚,他们的相亲相爱会更加真实吗?会彼此更加靠近吗?父亲在病床上曾拉着阿姨的手说"对不住,你们受苦了",茉莉没有告诉过母亲,心里一直记得他们躲藏的悔恨眼神。谁对谁错实在没有必要追究,那些充满疑惑的艰难日子一定会过去,虽然它们曾经腐蚀过她对母亲的信任——与那些无法言说的捆绑和爱一起。

"小柯,你是一个好孩子,一直是妈妈的骄傲。"她恢复冷静,找到独立于母亲之外的自己,看着高大的儿子像对自己出声一般说道,现在她拒绝看母亲的脸色,她要独立地做儿子的妈妈。她要承认自己成为小柯、小娜的妈妈不是因为母亲的施舍——如果母亲想要的是小娜,她是否会爱不过母亲?自己培养出来的女儿比母亲培养出来的女儿更加优秀,小娜不曾像自己那样陷于对母亲的恨与爱中,不曾像自己那样嫉妒父亲对母亲的爱与偏袒,在瓦解母亲带给自己的紧张中传递着对下一代软弱而坚定的爱,她做得不赖。

但此时此刻,这表扬听起来多么勉强,像开始一场苦涩漫长的教育前故意投放的小甜点。小柯准备好了足够的勇气应付,不被母亲突然的表白打动,他并不知道,这个将要给他指路的妈妈,刚才还是迷路中的女儿。

挂在墙上的孩子

吃过晚饭,碗一撂下,秋生就带儿子去楼下散步。

秋生每天给自己安排的固定课程是,无论多忙都要陪儿子享受自然。出楼不远,有一条河,十米多宽,这宽度在这城市算得上奢侈了。河两岸种了柳树、桃树,鹅卵石铺满了散步的小道,石道外边,密匝匝的竹子形成两三米宽的一道植物屏障,隔开马路,河边自成了一个蓊蓊郁郁的清静所在。

尽管政府如此用心,依然少有人来,大家都忙着呢,没有闲心散步。看着植物屏障外,车水马龙的,哪个人注意到这路边上的风景?秋生觉得这倒也好,大家都来,太热闹反而煞风景。秋生看重的就是这么一份心境,有些事情大家都认为不值得花时间做,他倒觉得里面有乐趣,有大价值。

他要儿子学会享受自然,懂得安静里的热闹、缓慢里的快乐。

当然这些东西都是潜移默化的,秋生从来不跟儿子多讲什么,讲出来也无非在孩子心中形成个理论,重要的是每天都来这儿走走。走多了,他自然觉得这水边树下的缓缓细步是一件令人愉快的事。

儿子自然开心,出来放风等于撒野。他熟悉地避让着草地上、鹅卵石小道上的狗屎,有时仰面折一根柳枝拿到河面上去假装垂钓,柳枝垂到水中激起的涟漪让他格外兴奋;有时他攀爬一棵枝丫横陈的大树,在高处的浓荫下高声喊爸爸,看到爸爸四处寻找的样子,他便满脸孩童的得意。

这时候,秋生什么都不说,爬树、掏鸟窝、掏泥墙里的蜜蜂……这些事情哪桩他小时候没干过?孩子么,就要野生地养。儿子只有六周岁,自三岁就正式开始了笼养式的人生。且不说秋生现在住的七十平方是二十五层楼中小小的一间,就说儿子上的小小班吧,孩子在教室里这不许那不许的,坐还得两只小手放在并拢的腿上。睡觉就更有趣了,饭后在老师的带领下排着队安静有序地散步十几二十分钟,再排队回教室,打开靠墙的一排排"抽屉",孩子们各就各位,乖乖躺进自己的那个抽屉床里。

老师是好老师,会用温柔而严格的声音说"小眼睛闭闭好,小嘴巴关关好",儿子和其他孩子们一起静静地躺着。学校是好学校,每天放学,园长亲自站在门口目送孩子们离开,并准时在放学时间给家长发来短信,叮嘱家长及时把孩子带回家,别在外逗留,避免孩子们聚集玩闹,那样容易出汗生病,也容易遇到骗子。可秋生偏不买这个账,不心疼老师的责任心和周到的付出,反而心疼儿子。

走了一段,儿子眼尖发现河水断了。秋生一看,果然。河中央用蛇皮袋泥包拦起一道堤坝,再往泥包堤坝那头看,河水基本被抽干,露出湿漉漉的黑色河泥,河两岸的泥有些被挖出来一块块地堆在河岸上。儿子掩住鼻子说"好臭好臭",果真是臭。

爷俩好奇地四处看,这么大抽水挖泥的动作,干什么呢?秋生最怕的是,政府心疼这块市中心的地,要填河造楼——实实在在的经济价值远大过河边林荫道上的几个行人、几堆狗屎。

已是晚上六点多的光景,挖泥的工人早不挖泥了,有几个穿着工作装的人,穿着长胶鞋,在烂河泥里抓鱼。秋生带儿子过去看看,秋生自己喜欢的东西都喜欢让儿子看看。挖河塘是件极有意思的事情,从前乡下挖河塘,能挖出各种宝贝,黑鱼、甲鱼、大青鱼、乌龟、蚌壳……那时候的秋生是积极分子,裤管一挽就下河去了,弄得满手满腿的黑泥巴。

河岸上的水桶里果然有两条长长圆圆的黑鱼,乌黑的眼睛闪闪发光,秋生看见这活泼泼的东西很激动,河水里自己长出来的东西,就是有灵气。一个中年人从烂泥河床里爬上来,手里抱着一个大泥巴块,秋生迎上去,说:"你摸到甲鱼了?"儿子也激动起来,跳来跳去地问:"爸爸,什么是甲鱼,让我看看,让我看看!"

中年人倒不客气,说:"这甲鱼,纯野生的,该有三四斤重,这黑鱼,你看见了,才从泥水里摸上来,你要,我就便宜点卖给你。你自己看看货色。"展示完手里的大甲鱼,中年人又把水桶摇了摇,激黑鱼们甩尾巴跳跃。秋生虽然早就看过了,还是贪心地再看了一眼鱼的腰身细长结实,肚皮上的花纹黑白分明,多像他小时候看见的那些河鱼啊!

这河里的鱼也能卖?见他要把这鱼卖给别人,秋生不禁担心起来。这条河臭得著名,尤其是每年夏天。平日里河边也有些放鱼竿钓鱼的,但是钓上来的鱼都有股子说不出来的柴油腥臭味,钓也就钓个野趣罢了,总比去鱼塘里钓现成的有意思吧。那些鱼呢,钓上来便被摔在河岸的水泥地上,晒成银白色的一缕肉干,连路过的野猫都不吃它。

"这还不算野生的?在这河里没人喂没人管,长出这么大的鱼,你不稀罕?"中年人以为秋生嫌它不是野生的。

说野生,也是不错。秋生想,虽然河水的环境不对头,但毕竟鱼是靠着上天给的心性弱肉强食地活下来的,不是吃了人类的嗟来之食。再说,从环境上讲,现在还能盼望什么干净的"野生"?

中年男人拎着桶要走。"你不买,自然有人买。"他招呼河里的一个同伴上岸,几个桶一合并,他们今晚的收获不少。"往菜场附近一站,一会儿就能卖掉,谁管它是哪条河里出来的?谁又能看出来是哪条河里出来的?"中年男人对秋生的讲究不屑一顾。

另一个男人上岸了,对秋生说:"没看见挖泥抽水吗?这河每年都整治,连水带河泥一起换,能差到哪儿去?野生的鱼肯定比吃饲料的鱼腥气一些,你们这些城里人,吃饲料吃惯了!"

是的,城里的河每年都要"洗肠"的。

秋生连桶带一条最大的黑鱼一起买下了,和儿子两个人像刚从河里摸鱼出来的乡下人似的。儿子很兴奋,一路上抢着拎桶,还问东问西的。"什么是野生啊?""三斤是多重?"

秋生好脾气地给他解释:"生活在自然环境里,没有经过人工驯养,保持自然天性的动物就是野生的。"

"是不是野生的,就是特别好吃的意思?"因为问的是鱼,自然要涉及吃。"是的,特别好吃。"秋生马马虎虎地为"野生"结尾。

刚进家门放下桶,还没来得及说话,老婆雪梅看见秋生桶里的鱼就发火了:"这种脏东西你带回家做什么?"

"野生的,才捞出来,"秋生赶忙解释,"活蹦乱跳的,可有力了!你看!"他像小贩子一样,摇晃水桶,向雪梅显示黑鱼矫健的身姿。

"就在前面那条河里,"儿子也帮忙说明,"里面还有甲鱼呢!"儿子认识了甲鱼。

"你放心吃吗?你放心吃,我就给你煮!"雪梅冷着脸冲他扔出一句话。

说到吃,秋生担心了,虽是野生,但毕竟环境特殊。"养着看看也好,多少年没见过这些好东西了!"他说。

"好东西,你以为能养活?这种臭水塘里出来的东西,说是野生,最是没用,吃不能吃,养不能养,一出臭水沟就半条命没了!你就等着看它肚皮朝天吧!"

老婆说得没错,秋生无话可说。养鱼塘里出来的鱼生存力倒还强些,也许是适应了人工环境,带回家在自来水里养个三五天都没有问题。可一看到野生的鱼,他的魂就被它们机灵的样子吸引了,根本没想到这些。

"你看看,家里净是你折腾回来的没用的东西。"老婆越说越生气了。秋生不用顺着老婆的眼光看就知道,她说的是那些石头和树根,她厌恶它们很久了,就为占了她一块晾衣服的地方。它们都是从河边捡来、山里挖来、农家买来的。家里放不下,秋生狠心淘汰过几回,现在剩下的都是精品。要说那些石头,有些形态如妙手雕刻出的人物,有些色彩图案精妙绝伦如天然自成的彩墨画。那些树根,反过来朝上摆,稍加雕琢就可以从地下世界的生长姿态变成地上世界的生长姿态——地面一线之隔的上与下有时候有着神奇的呼应。这些都出自大自然的手笔啊,怎么舍得扔?

秋生一安静下来,老婆就气势汹汹地发话了:"晚上六点半英语老师电联,电话打过来孩子不在家。正事不办,净带孩子瞎折腾,还花钱拎回来一桶垃圾!"

难怪雪梅这么气大,就为一条鱼,不该呀!

"接不到就接不到了,不就回答两个英语题目嘛!"秋生自在地说,他忘了今晚的事是不对,但他对老婆从儿子三岁起就安排一周两节英语课的行为很不以为然,对英语教育机构负责任地每周一次电联,检查孩子在家英语复习情况也很不在乎。当然,平心而论,在老婆的管理下,儿子还是不错的,每次电联都能听懂老师的英语提问,也能用英语顺利地回答。

老婆一听这话火大了,把解下来的围裙往桌上用力一掼。秋生一看这架势,知道老婆要发飙了,赶紧转移话题,跟儿子聊天。他问儿子今天玩得开心吗?儿子认真地点头说开心。有时候,秋生还带各种玩的工具出去,儿子的滑轮鞋、小自行车、沙袋、沙滩工具、鱼兜、双节棍、宝剑、风筝……玩的地点都在河边,附近虽然都是居民区,却没有什么大的广场,只好在河边上将就了。虽说只是河边,儿子玩的乐趣却一点不少。儿子玩得有趣,秋生的乐趣自然也不少。

老婆说:"你看看楼里和一夏一样大的孩子,有几个像我们家一样天天下去瞎溜达?"

"怎么是瞎溜达?"这个词叫秋生不服气。

"不是瞎溜达是什么?"老婆目光锐利,一眼看穿了秋生的狡辩之词,"一夏,你告诉我,你为啥觉得开心?"雪梅立刻转头问孩子,当场验钞似的,要捉秋生一个现形。

儿子抿着嘴,大眼睛骨碌碌地转,细细地想,为什么呢?他寻找脑海里的词语为今晚的散步总结意义。"能到处跑,想爬树就爬树,想抓鱼就抓鱼,想发呆就发呆。"

秋生在一旁坐着,觉得儿子总结得好极了,还排比句呢,可不就是这些。

"还有呢?"雪梅启发儿子说下去。

"还有,还有自由啊,不用做作业,也不要回答英语老师的问题。"儿子开心地说,后一句是特指今天错过的电联。

"你看看,卞秋生,你都起了什么作用?我好不容易引导他喜欢学习,不反感学习,你做爸爸的不正面帮助也就罢了,反而激发他的叛逆心,你看看!"老婆证据在手,连说几个"你看看","孩子说的这些,都是学校最不喜欢的!这是散漫无纪律无目标的开始!"

秋生倒是为孩子这么小就能自主地从"自由"的具体形式中总结出"自由"的抽象概念而感到满意。自由是多么无所不在的快乐,孩子没学过理论也能感觉到它的存在。

"儿子,你的理想是什么?"一得意,秋生问了一个操之过急的问题。对孩子的"自由散漫",做爸爸的"不以为耻反以为荣"。

儿子接过爸爸的问题,脑海里快速翻找答案,各种排除法后,他宣布"长大找个好工作,娶个好老婆,生个好儿子"。

老婆扑哧笑喷了,丁点大的孩子,满脸稚气,说出的话却这么老成,有一种不协调的逗趣。

秋生也跟着笑出来,这答案太叫人意外了。

"你自己不务正业就罢了,你别带着孩子跟你学!"老婆神清气爽地说,儿子的回答说明孩子在妈妈的有效管理范围内。

在孩子面前这么说,秋生的脾气再好也压不住了。"人生那么长,孩子要个性培养,不能全为了学习,还得为了他自己活着!再说了,孩子有孩子的活法,弄那么多纪律、那么多目标那还是孩子吗?我们那时候没上过什么辅导班,不都上了大学,找到工作了吗?"

"你那工作也能拿出来说?"雪梅四两拨千斤,轻声反问秋生,怕孩子听到爸爸的这些歪理,受到不良影响。儿子回答完大人的问题后,跑一边玩去了。家里到处都是妈妈买的涂着好看彩漆的益智玩具。

"现在孩子个个都是高智商,就你,能跟现在的孩子比吗?你十岁才能掰着手指数到一百,你儿子五岁就会一百以内加减法;你二十岁才接触到电脑,你儿子三岁就能操作电脑;你三十岁才坐上私家车,你儿子从小就有车坐,马路上跑的车牌子都认识,你能跟儿子比吗?"

"这不就是了?孩子有他的天分,你那么着急逼他干什么?"秋生觉得雪梅的话恰恰证明了自己的观点,她真是过分操心。

"他身边都是这样高智商的孩子,这是什么竞争环境?秋生,我看你还没搞懂状况!"雪梅对于秋生的愚钝真是恨铁不成钢,"咱们孩子有什么竞争的优势?智商和人家差不多,家庭背景一般,没权没钱,关键时刻没有一个强有力的爸爸做靠山,所以一切只能靠他自己!只能靠现在努力赢在起跑线上!"

用现在流行的说法,秋生是七〇后。他小学在改革开放后,高中在教育改革中,在轰轰烈烈的知识改变命运的高考竞赛中,像大多数人一样,被十二年的寒窗苦读训练得动作麻利、思维活跃、对数字敏感。特别是高三那阵,每次模拟考试,分数就是他的命根,名次就是他的喜乐,进步还是退步?五分、十分,还是更多?两名、三名,还是十几名?这些说明了他一个阶段努力或懈怠的程度。只要名次稍有退步,老师就会找他谈话,分析他的状态,找出问题所在,把秋生从自我感觉良好的情绪中拉出来。永远不可以停下休息,否则你就可能是龟兔赛跑里的兔子。同学之间既是朋友关系也是对手关系,所有人都可能是另一只聪明的兔子或者更有耐力的乌龟。不要轻信自己的感觉,在你满意于

"我正努力"的时候,别人正悄悄地使用一种更加可怕的努力方法赶超你。总之,不要轻信自己。

考上大学后,秋生就本性败露了,他懒散、行动缓慢,对竞选院系干部没有兴趣,对分数、考研没有兴趣,对积极走动求进步不感兴趣。他违反学校六点半起床做早操的规定,常常睡到八点起床,在各教学楼已经开始上课的时间里,慢慢走在学校安静的林荫道上,东逛西逛,绕过有水草和野鱼的池子,爬过园子里的小石桥,在六角亭里就着微风吃完早餐,慢悠悠踱进教室。他大学四年的成绩没有一门低于六十分,但也没有哪科到达七十分。

雪梅和秋生是大学同班同学,结婚多年后,每当雪梅拿这些往事批评秋生颓废消极的生活态度时,秋生总是否定雪梅的判断,他说:"无论过去,还是现在,我都一直积极地、乐观地生活着。"

有时候,兴致好,秋生也会打趣雪梅,反问她:"你这个班花怎么会看上消极颓废的我呢?"

雪梅总是没好气地说:"我看走眼了,你就臭美一辈子吧!"其实,热恋的时候,雪梅说过,她喜欢的就是秋生身上的那种散漫,别人眼里很重要的东西到了秋生这里可能就不重要了,所以别人在积极求取的路上犯下的错误,在秋生看来也因为不那么重要而可以轻易被宽恕。秋生的豁达、好脾气曾一度被雪梅看作是自信的男人气派。

然而,秋生还在这条路上走着,从学生走成科员,从男生走成丈夫、父亲;雪梅却已然变成了另一个人,美丽纯洁的班花变身为妻子、母亲——她菜场上斤斤计较,家务上唠唠叨叨,教育问题上咄咄逼人,工作上对丈夫指手画脚。

孩子被安排进房间后,她问秋生:"下周演讲比赛,你准备得怎么样了?"

秋生说:"没准备,不参加!"

雪梅知道秋生的脾气,她好声劝告:"演讲稿子我都替你写好了,你不演讲不是浪费我的心血吗?"

"我一早就说了不参加的,是你自己非要写。"

"你好歹参加一次,熬过这个岗位竞聘演讲,成不成功都不怪你!"雪梅哄小孩子一般。

"你以为晋级成功,就看这次演讲?大家什么性格脾气,领导一贯看着,位置给谁他们早就心里有人!我何必上去表演一次?"

"就算不是看这次演讲,它起码说明你的态度,你是积极上进的,到时候你晋级了,需要领导关注。"雪梅说,孩子出生后,她在思想上锐意进取,成了秋生的"母亲",总是劝这劝那,秋生工作上的消息,她总能及时从别处获得,赶着秋生往前走。

秋生移坐到沙发另一侧,拿出一张报纸看,不说话。孩子在做作业,他不能看电视。

"卞秋生!"雪梅双手叉腰,对他吼起来,"你是男人就给孩子做个榜样,在这个俗世混出样子来再装清高!"

秋生抬头看雪梅,心疼得很。"俗世"烦恼都被她承担去了,你看她,双手叉腰,头发飞扬,胖起来的中年脸蛋哪有当年半点清纯?晋升啊,工资啊,分数啊,物价啊,她都快被这些那些数字折磨垮了。这些年,自打孩子上了幼儿园,为了既能让孩子的学习赢在起跑线上,又能让孩子有玩的时间,她早上送孩子去幼儿园,中午把孩子接回来睡个午觉,带出去玩一会儿,下午辅导孩子作业,晚上送孩子去学英语、围棋、画画。她说下午孩子在学校里反正就是端正地坐着,学不到什么,不如带回家,玩一会儿、学一会儿。儿子的英语、围棋、画画、汉字、数学、拼音、《十万个为什么》……都是她把这些年的时间拆零了教的。这期间,她还不断地为秋生操心。她把本不忙的工作挤到上午快速完成,接下去的时间忙碌于各种自加压力的追求,她真是把自己献给了他们爷俩。

他伸出手去,把雪梅僵硬的腰揽过来,把她按坐到自己腿上。

"我一点都不清高,活得也很开心,别抬高我,把我当成不为五斗米折腰的陶渊明好不好,老婆?"他摸着她的脸蛋柔声说,另一只手围到她高耸的胸上,几个指头在上面弹钢琴,"你老公可俗着呢!俗人喜欢的我都喜欢!"

"我就希望咱们一家走出去体面一些,老公官做得不大,有些权有些钱;我不漂亮了,但老公还疼着;孩子不是神童,但成绩好!我就这点愿望,物质吗?过分吗?"雪梅楚楚可怜地说,老公弹钢琴的手指让她柔软下来。说心里话,秋生的性格脾气,她还喜欢着,知道自己拗不过。

"别把自己弄得太辛苦,"秋生说,"孩子有他自己的福分。"

"你没送孩子去过那些兴趣班,没听见别人家的爸爸妈妈是怎么教孩子的,当然说得轻松。"雪梅怪他。也是出于对秋生脾气的成全,秋生不喜欢的教育方式,雪梅没让他参与过。

"有一个孩子参加玉石小学招生,他爸爸说考试题目杀得他们措手不及。大自然的清道夫是什么?世界上最大的鸟和最小的鸟是什么?恐龙有哪些种类,最大的恐龙是什么？这些是考自然知识。鸿门宴是什么宴？这是考孩子历史知识。让孩子听一长段外语，播放四遍后，让孩子模仿，模仿最准确者为优。这段外语是西班牙语，考孩子语言模仿力和语音记忆力。让孩子玩游戏棒，最短时间内取得最多游戏棒者为优，这是考孩子动手能力。让孩子看一幅都是汉字的图画，十秒钟后出现另一组汉字，问孩子，哪几个汉字在图画中出现过，这是考孩子瞬间观察力、记忆力和符号辨识力……"雪梅一股脑地把她搜集到的恐怖记忆向他倾倒，"然后根据考试成绩，孩子们被分进快班、慢班……秋生，我们得做全面准备，这些哪一样不要训练，你以为凭孩子那点智商就能应付？"

秋生听不下去了，打断她："这不对呀，不是说幼儿园升小学不让考试、不让分班吗？"

"你傻呀！"这回轮到雪梅轻描淡写了，"不让考就不考啦？还说一年级、二年级不能有回家作业呢，那些一年级的孩子还不每天都写两三个小时的作业？"

"那些幼儿园阶段什么都不学的孩子，自由是自由了，玩得也痛快，可到了一年级，跟班里那些早就学过基础知识的孩子比，只有挨批评、没自信的份，学校的教学进度被众多先起跑的孩子推动加快了，等不及那些到规定时间才各就各位的孩子们。说什么我也不能眼看着咱们好好的孩子一点点被比下去、自卑下去啊!什么叫赢在起跑线上,大家智力相当,将来评优标准固定统一,先走一步的孩子就有更多赢的机会。先起跑就先起跑,我不怕花时间花精力,咱们就当这是笨鸟先飞了!"雪梅把她的教育理念说得很悲壮。

"才说现在孩子都高智商,现在又说笨鸟先飞,雪梅,不管别人怎么样,咱们让孩子自然点好吗?"秋生几乎要哀求了。

"自然点自然点,自然点孩子哪有竞争力啊!时代流行比什么,咱就要能比什么,你不想让咱们孩子这辈子活得不痛快吧!"这回雪梅真的生气了,她从秋生腿上跳下来,站出圆规的样子,"你擅长鉴别石头、挖树根,倒是得有人跟你比呀!"

"能不比吗?自己舒坦,干吗要比?"秋生反对她那么功利,兴趣、特长不是用来比的。

"你不想跟别人比,别人就把你比下去!咱孩子擅长爬树、啃鸡爪,倒是得有人欣赏他,能让他上大学呀!"雪梅斩钉截铁地说。

儿子从房间里出来,把作业交给雪梅检查。今天轮到做数学,一百道一百以内加减法,题目都是雪梅自己出的,刚才夫妻俩辩论的二十分钟里,儿子已经做完了,他被雪梅训练得动静皆宜了,学习时能两耳不闻窗外事。雪白的纸页上,横排四道题,竖列二十五行,儿子铅笔刨耕出来的庄稼地干干净净的。"小农夫"拿着铅笔橡皮候在母亲边上,等母亲的检查结果。母亲的规定是,错一道题目重做十道。

秋生看看老婆,又看看儿子,雪梅一眼一道地快速往下批,儿子拽紧了铅笔橡皮,一眼不眨地看着妈妈,妈妈的目光每通过一块庄稼地,他便松一口气,知道那道题对了,如果妈妈的目光在哪道题目上停留了,眉头轻轻皱起来,他也跟着皱起眉,脑袋伸上来看,小脸蛋上浮出担忧的表情。

"不错,全对!"妈妈最后宣布。

"儿子,你真棒!"秋生也松了一口气,为儿子骄傲。孩子聪明一些,毕竟能少吃些苦头。

雪梅瞥秋生一眼,示意他注意言辞分寸。

"不要骄傲!"妈妈间接地叮嘱孩子。孩子脸上的快乐显而易见。

"爸爸,和我下盘围棋吧!"儿子很有兴趣地说。

"好!"在孩子所学的各种知识中,围棋是秋生唯一赞许的。雪梅说,围棋开发智力,有助于数学思维的养成。秋生觉得围棋和风景一样,属于慢时光里的东西。领悟围棋之道的人,必定有一颗安静的心,而暂时的失败与成功对围棋来说都是肤浅的,它要棋手像布局人生一样,用每一个现在织起一张未来的网——每一个现在都不能被简单独立地看待。

父子俩开局。

秋生连续围困儿子两处的时候,儿子大叫起来:"爸爸耍赖!"

秋生莫名其妙地停下来,"我哪里耍赖了?"他原本打算围困两处后,慢慢让儿子取得优势。

"你就耍赖!"儿子小脸激动得通红,说着,他哗啦一下掀翻棋盘。

秋生没想到儿子学围棋两年了,也晋级成了业余一段,还这么输不起,竟然掀棋盘!耐心等待劣势过去的勇气都没有,更别提从容冷静地继续布局了。他心被狠狠蜇了一下,这两年围棋算是白学了。

但秋生转念又想,围棋只是孩子众多学习项目中的一样,能晋级已经算他施展浑身解数、四面兼顾了,要怪孩子,也得先怪大人太贪心,孩子只在乎输赢是被逼出来的。

他便一面说:"我哪里耍赖了?"一面快速回想刚才的细节,最后一个子落下之前,他只说了一句"我吃子咯"。

"就是这句话,你的意思是我输了!你这就是耍无赖。"儿子哭喊着控诉。

"下棋不语,爸爸错了。"秋生立刻意识到自己的确犯了错误,劣势中的孩子怎能承受对手的"得意"?自己的话虽是逗儿子,但太似挑衅。

"向我道歉,我要你向我道歉!"儿子不依不饶。

"好好好,爸爸错了。"秋生脱口而出。

"不许道歉,我刚才看得清清楚楚,爸爸没有错,是你自己耍无赖,"这时雪梅厉声拦住秋生,"技不如人,就反思,做无赖腔,最叫人看不起!"雪梅很严厉。

儿子不依不饶地哭闹起来,他大约以为自己能赢爸爸,没想到才走几步就眼看自己不是爸爸的对手。

雪梅寸步不让,也不许秋生让步。儿子哭得上气不接下气,秋生在一旁看着,后悔刚才说了那句"得意"的话,乖巧听话、动则动静则静的儿子,数学题做一百分、英语次次被表扬、人生理想是长大找个好工作的儿子,在地上打滚,嘴里倔强地喊着:"我要你向我道歉!"他心疼地想,孩子终归是孩子。

二十分钟过去了,儿子还在哭。秋生嘴里含着道歉的话,心里软软的。雪梅说:"你开了这个头,下次你就别想他听你的！"秋生知道自己是爸爸，应该威严，但是他还是心疼，孩子满把鼻涕满把眼泪的，他平时那么听话，现在就允许他不听话一次吧，允许他用耍无赖的方法赢得一次爸爸妈妈听他话的机会吧。

然而，雪梅已经从沙发底下拿出了棍子。她把秋生推到门口，说："你出去，他欺软怕硬呢！"

孩子的耍无赖一经雪梅指出，就是儿童"恶"的显示，孩子有天然的智慧发现谁需要"敬畏"，谁可以"欺负"。可是自己，怎么就成了连孩子都可以"欺负"的弱者呢？这情况倒让他想起单位里那些事，大家都知道他好脾气、不计较，吃亏的事不用解释就可以直接按他头上，连平日里被人欺负的小刘也这么对他。这一点"恶"的联想，让秋生心里紧得很、不痛快，他从来没有为自己的宽容难受过，现在难受了。

秋生迟疑着，想了想，知道自己在这屋子里待下去，只能让孩子看出爸爸的"软弱"。

孩子看着母亲手里的棍子，哭声变得更大，似惊恐的笼中小兽。他大声嚎着不服输，又泪眼巴巴地看着秋生，乞求爸爸不要走，他盼望爸爸向他道歉，还能阻止妈妈。

雪梅把秋生用力往外一推，断了孩子的目光和念头。

秋生僵直地站在门外听到孩子一下一下尖声哭叫,也许是雪梅的棍子一下一下落在他屁股上。他听不下去,又不能敲门进去,索性走出楼,坐到自己车里。

过了一会儿,他不放心,电话雪梅:"做做样子就可以了,别真打,别把孩子打坏了!"

雪梅说了声"我知道",就挂了手机。手机里,除了雪梅的说话声,没有别的声音,儿子不哭了。看来,他确实是哭给自己看的。是"欺负"他可欺,还是觉得爸爸能给自己一个公道,哭只是求取之道?

又过了大约十分钟,雪梅打电话过来,手机里儿子用稚嫩的声音喊他"爸爸",孩子听起来很平静,既不抽噎也不愤怒,"爸爸,我错了,以后我不会再耍无赖。"他像个理智懂事的大人。

"但是,你得答应我,以后下棋不许说话。"儿子补充一句,这句话显出孩子气,道歉之外,他还是有点不服气,依然坚持认为爸爸不该说话。这句看来不是雪梅教的,秋生觉得欣慰。

秋生赶紧答应儿子。

雪梅从儿子手里拿过电话,对秋生说:"我知道你心疼他,我也心疼他,他这个孬样不治好,以后有的你心疼呢!

坏人的角色全我做了,你就安心做个好人吧。"秋生知道雪梅是直肠子,这话并不讽刺。

"你知道欧洲中世纪的儿童专用服装设计吗?"雪梅继续说,"衣服上饰有专用束带,大人们会在需要的时候把婴孩束起来挂在墙上,既能让孩子享受炉灶散发的热气,也避免老鼠侵袭,防止孩子到处跑发生危险,大人因此能安心地工作。你一定觉得这个方法对孩子很残忍,剥夺了孩子的权利,但这个方法流行了整个中世纪,得到了社会各阶层的认可。它是那个时代最优雅的捆绑,因为孩子和现实都需要。"

秋生坐在车里,不想出去。

他想起一屋子石头、树根,它们是宝贝,天然的姿态都不带重样的,但说起来也算垃圾,石头铺路垫别人的脚,树根烧熟了一锅饭,它们本身再不成样子,都算有了价值。而他的那些石头、树根呢,除了安静地躺在他秋生的眼里,还顶个什么实在的用处呢?

他忽又想起那条野生黑鱼,说不定明早就要死了,河泥塘子里出来的,自来水里能挨过几天?他心疼,像某个自在的愿望即将被毁灭了一样。这环境,连条带柴油味儿的野生黑鱼都要没了。

开了收音机,收音机正在播报新闻,男播音员用猎奇的口吻向大家介绍一项国外赛事:

近日,美国举办了第三十八届"最臭运动鞋"大赛,十四岁少女凯西·亚当斯最终击败其他七名选手成功夺冠,夺得两千五百美元奖金。该大赛在美国各地进行初选,只有通过预赛的选手才能晋级决赛。为了夺冠,凯西每天都穿着运动鞋打扫家里的鸡舍,并到公园遛狗。凯西的父母表示,女儿的鞋成为最臭的运动鞋,他们都感到非常自豪。

然后收音机里传来"最臭运动鞋奖"颁奖现场录拍的欢呼声。欢呼声几经翻录,像一片长在欧美大树上的叶子,飞越了干旱的沙漠,穿过无数黑白交替的时光,最后从收音机的网面匣子里跑出来时,又干裂成了碎片,带着细微的沙沙声,听起来刺耳、遥远而不真实。

秋生认真听着,过了很久,在收音机播报一条名酒促销广告的女高音中,他"扑哧"笑了,都三十八届了。

有时候

半夜醒来,米兰感到头晕,太阳穴里有一个小马达"突突突"地跳着,她使劲按压也不能让它停止颤抖。伸手掀开窗帘一角,远处高楼也沉睡了,只有零星几户人家的灯亮着,像几颗遥远微茫的星星。不知道住在那几颗星星里的人,为什么半夜醒来,又久久沉浸在何事中,她看着远处几盏半夜不灭的灯想。醒来后就再也睡不着了,闭上眼睛他就闯进她的思绪里,他们怒气冲冲地相对。

他们再也不可能继续下去了,他们的婚姻从头到尾都是一场骗局——骗自己,他们根本就不合适,道不同不相为谋。想到这里,睡着前熄灭的火焰又被点燃了,她翻身起床,一瘸一拐,屁股疼得厉害。"李东亮!你给我起床!"昨晚入睡前的争吵也醒了,画面清晰,怒火迅速燃烧到了顶点,不知道他睡在哪里,她大叫起来。

李东亮没有睡床,在女儿房间小床边的地上睡着了,蜷缩在瓷砖上,什么都没有盖。他模模糊糊地听到有人喊他的名字,然后声音越来越清晰,一睁眼,是米兰叉腰杵在面前。他按亮手机眯着眼睛一看,才四点多。"你要怎样?还让不让人活了?"他有气无力地问道。

"咱们离婚,不要再拖拖拉拉了!"米兰斩钉截铁地说,片刻都等不下去了。

"你要怎么样嘛?"李东亮醒了,拖长声调,从地上爬起来,觉得有点冷,抖索了一下,看女儿睡得沉沉的,昨夜她哭哭啼啼到很晚才睡着。他伸手替女儿把踢开的被子掖好,"发什么神经,自己睡不着,吵得一家人不能安生!"他彻底醒了,昨夜她凶神恶煞的样子也回来了,在脑海里站着。他推她出去,把女儿房间的门关上,压低声音说:"别吵着囡囡,明天还要上课。"其实今天已经是明天了。

"不要啰唆了,是我发神经,你们都是正常的,离婚吧!"米兰把结婚证书往客厅沙发上一甩,这个潇洒带恨的动作是无数次中的一次,当年俩人千辛万苦从民政局把它领出来时绝对没有想到会有这一天。

"你自己发神经,不要以为别人也发神经,"他说,离婚不是那么简单的事,"你这么大人了,还要我教吗,自己想想错在哪里?"他这回不让她。从前,追求她、娶到她、生孩子、带孩子……念她辛苦,念她小他三四岁,他一直让着她。

"啪啪啪",米兰蹿起来,把所有灯都打开,开一盏小灯,偷偷摸摸干什么?离婚就拿出离婚的样子来,什么都不要讲究了,大家真面目示人。孩子也早晚会晓得她的爸爸妈妈要离婚,她必须知道,是她不争气,害得这个家庭分崩离析。"我错在哪里?这个问题你应该问问你自己!"她反驳他,看来一场恶战必不可少,她本不想同他再吵,吵来吵去没有意思,废话少说速战速决即可,谁知他这时候不但不珍惜最后的缘分,还要恶人倒打一耙,叫她想想自己有什么错!她米兰一心为家,省吃俭用没有独自享受过半分钱,她可以拍着胸脯问心无愧地说"我没错"!

"我没错!我没错!我没错!"一想到对错,怒火立刻烧得她如同恶魔附身,她一口气连说十几句,完全无法刹车了,知道自己现在披头散发样子难看,索性扑向那个说着话似乎又要睡着的沙发上的男人,浑浑噩噩全然不用心思,这个家过成这样他有莫大关系,却还一副真理在握的样子,简直让人恨透了!她用力撕他的嘴,揪他的头发,踢他的背,这种男人根本不配以礼相待。"你错在哪里?你错在哪里?"她又摇着他连声质问。

"你疯了!"他说,一只大手一把钳住她的两只手,她立刻像一只被捆住前爪的狗,扭动挣扎用力抬腿踢他,又被他用力一掀用膝盖把一双腿按在沙发上,动弹不得,她便张嘴咬他,只恨牙齿不够尖长。他把她的胳膊向上一提一拧压在她嘴上,教她的尖牙利齿无处下嘴,三两下便把她整个人结实地捆压住了。要讲暴力,李东亮的征服力自然在她之上,即便在男人里他算不得强壮,但对付一个女人,还是绰绰有余的。米兰没想到李东亮力气这么大,比昨夜还大,而且丝毫不让她,不给她撒泼耍狠撒娇卖嗲半点机会,"李东亮你不是东西,你畜生……"她"呜噜呜噜"叫着。

昨晚的一幕又上演了。

女儿起床的时候,他们俩已经折腾得没有力气说话,怕米兰乱说话,李东亮不敢下楼去买早餐,匆匆忙忙切了一棵葱,给女儿炒了一碗蛋炒饭。女儿睡得迷迷糊糊的,眼皮上沾着眼屎,打开复读机放英语,吃早饭的时候听英语,这是米兰的规定,吃饭用嘴和手,耳朵和脑子也不能白白浪费着,哪哪哪儿都是时间,就看你会不会挤,"数学家华罗庚说过做出伟大成就的人都是善于抓住零碎时间的人"。女儿打着哈欠,一边吃饭,一边听课文,头脑根本还没清醒,外国话还是外国话。算一算昨晚十二点多才睡着,一共才睡了六个小时不到,怎么能不困?女儿吃饭的时候,李东亮赶紧给女儿收书包,昨晚因为吵架,作业本、试卷、书散在书桌上都没有收拾。

"你就惯吧!"看李东亮一会儿厨房、一会儿卫生间、一会儿书房跑进跑出的样子,米兰恨得咬牙切齿,女儿都已经没出息成这样了,他还护着她,做好人谁不会?把没出息的货弄好了才是真本事,他到现在还弄不明白自己在干什么,"有你们哭的时候!"她强装抽身事外,恨铁不成钢地预言道。

"别以为打开英语就是完成任务,那是复读机在读,你用心听了吗?"心里发誓一万遍不再管他们父女俩,可又看不下去他俩没出息的样子,她忍不住回头训女儿。看到她目瞪口呆,好不容易按下去的火又蹿上来了。随手抄起柜子上的《弟子规》就扔过去,书买了一堆,看多少遍都不长记性,"父母呼,应勿缓。父母命,行勿懒。父母教,须敬听。父母责,须顺承",记住了哪一句?为她忙里忙外十四年了,都白忙活了,对得起谁?

女儿脑袋一缩,躲了过去,眼泪涌上眼眶,"啪啪啪"掉进碗里,饭也吃不下去了。

"响响赶紧吃饭，吃完我们走！"李东亮催促女儿，伸手把播放的英语关了，吃饭就吃饭，吵吵闹闹的还有什么食欲，抓紧时间也不是这一时半会儿的。

"你妈现在看什么都生气，别惹她，更年期提前了。"李东亮替米兰找了个借口，像是一个玩笑，算是缓和女儿和她妈妈的关系。

"啪"，三本书一起砸过来，砸在李东亮的背上，掉在地上，李东亮看都不看，把碗筷收拾进水池里，三下两下洗好放进橱柜，不惹她，免得说他们吃个饭都要她伺候。米兰这次砸的书是《亲子时光——陪孩子走过初中三年》《正面管教》《哈佛家训》，顺手抽出来的，要把这些书砸光了才好，眼不见为净。

柜子上一堆教育书籍，《没有教不好的孩子，只有不会教的父母》《美国初中生必须学会的社交技能》《改变孩子，先改变自己》《真正的蒙氏教育在家庭》……她现在看到这些书就来气，女儿李响简直就是书中的反面案例，自己呢，也应该是一个不合格的母亲——年过四十，父母成不成功不全是看孩子么？是李东亮和李响联合起来把她做一个好母亲的所有梦想和努力都毁了。

他们才出门,班级群里老师就发短信过来:"昨天的数学试卷请家长务必签字,分析孩子失分原因,错题订正在纠错本上,请家长检查,今天错题本上交。"短信末了,老师说:"孩子优秀的成绩来自每一天的不懈努力,感谢家长们耐心的支持帮助,家校配合,共同成长。"老师这段短信附语里一股子有话不能说的意思,拜托你们家长,自己负负责吧,孩子是你自己的,扔给别人啥意思。短信弄得米兰灰头土脸,昨天李响把试卷给她,她一看不及格,眼睛里立刻烧起一把火,训着训着就把试卷撕了,"考这么差,你怎么有脸拿给我签字,你把你妈当傻子糊弄啊!"她知道要控制情绪,书上说的,家长要始终和颜悦色,给孩子安全感,让孩子敢于说出心里话,可是李响已经让她失望到完全放弃理论和理智了。

然后他们夫妻吵架,李响哭哭啼啼地趴在用透明胶粘贴起来的试卷上,摸摸索索一个多小时,一道题目也订正不出来。"你还有脸哭,一道题不订正,倒把哭当正事了?"她拎着李响的耳朵骂她,"有点出息行吗?哭解决不了问题,赶紧行动才是正事,你倒是什么时候能懂事啊?"她试图讲道理,难受得要把心掏出来放冰箱里凉凉。但是恶意训斥的讲道理无效,李响又开始新一轮的压抑痛哭。

李东亮一甩手把米兰拉开说:"别订正了,睡觉吧。"他让女儿休息。然后就是今天早上了。

今天她不但交不出家长签名的试卷,也交不出订正的纠错本。按老师短信最后一句话的逻辑来说,李响成绩不优秀,除了她自己没有每天坚持不懈努力,也是因为没有一个耐心配合的家长。米兰心灰意冷,不敢想象女儿被老师训斥罚站畏畏缩缩的样子,心疼已经没有了,只有懊丧羞愧;也不想给老师发短信、打电话解释——怎么说?说她发火撕了孩子的试卷,说她用戒尺打肿了李响的屁股——十四岁了还打屁股,可这实在是迫不得已呀(打迟了,应该四岁的时候就开始打),说他们夫妻吵架打架一晚上,多丢人啊!

万念俱灰,她躺在沙发上,想想自己在父母的教育下考上了大学,没让父母像自己这般揪心过,也没让父母辅导过题目——他们辅导不了。自己学的是财税专业,在大学参加各种社团活动,出来自己走动找人,进了事业单位,现在也算单位的一个中层领导。都说望子成龙、望女成凤,即便李响不能青出于蓝而胜于蓝,至少也不能比父母还差吧。可是李响进入初中几次考试下来,成绩就稳居班级下游了,现在都已经初二了,再没有起色哪还来得及赶上别人呀?每每想到这,米兰都急得恶从胆边生。自己当年可是年年三好学生呀,李东亮也是响当当的名牌大学毕业生,这好好的基因都传哪儿去了!

早上八点多,是老师查作业的时间,果然一会儿老师发短信过来了:"家长你好,李响昨晚数学试卷没有订正,她说试卷弄丢了,你昨天问过她情况吗?考试成绩我昨天给家长们一对一发过短信,要求家长督察。收到请回复,谢谢。"

很明显是批评的意思,老师觉察出了响响的谎言——她根本不是能从容撒谎、自圆其说的孩子,米兰绝望了,"差生的家长"这个身份控制住了她,她不敢面对老师的质问,好像自己就是那个惹老师生气、让老师嫌弃的差生。不回复不礼貌,回复吧又实在无话可说,不见得把昨天家里翻天覆地的情况说给老师听?

"老师您好,我在外地出差,具体情况麻烦您问李响爸爸,李东亮电话139……谢谢您!"想来想去,米兰编了一条客客气气的短信发出去,由她爸去解决吧,本来就是他制造出来的问题。拦着她打、拦着她骂,什么都拦着、护着、帮着,活该他去解释。想想又把老师的短信和自己的回复截屏发给李东亮,看着点情况说吧。

一口气就是顺不过来,这孩子上学后没让她省心过啊,心疼得难受。为了实现书上说的陪伴,她多少年出远门的活动会议都不参加,放学送孩子去补课,周末送孩子上兴趣班,一心一意地盯着她,没有半点自己的时间。平时夫妻俩舍不得花钱,花在孩子身上却毫不心疼,这学期开始报了一个英语一对一辅导班,一节课三百多块钱,她眼皮没眨一下就付了一百节课,每周两节课,上一年,只要女儿有收获,怎样都值!

"叮铃",是手机里的短信,家长亲子教育群里在分享教育心得:"孩子注意力不集中?用对这个方法就够了!""要不要给孩子补课?这位妈妈的选择惊呆众人!""今天不逼孩子,明天谁来代他'受难'?"……一连好几个信誓旦旦的标题,每一条都说到了米兰的命门上,她好像再次找到了救命稻草,都需要都需要,明知道点开无望,还是忍不住点开。看到最后,原来这几条都在推广宣传各自的教育培训机构,一家"学而强教育"、一家"思聪教育"、一家"优胜教育",强调机构里的老师用新的教学技巧指导孩子轻松学习,聪明的妈妈就选择它,解放自己解放孩子,"逆袭反超,争做学霸",末了是它们大同小异的广告词。

米兰捂着胸口忍住疼痛,挣扎着给领导打了一个电话,生病请假。严重的心病啊,没有力气做任何事情,干什么都没有意义。她从架子上取了一瓶红酒打开,倒杯子里喝了两杯,大脑太清醒,和李东亮的新仇旧恨在脑子里翻腾,生活、工作重重不如意如雨后春笋般生长,脑袋被填满的东西左右冲击着胀得紧、刺得疼,索性直接对着瓶子喝,"咕咚咕咚"灌进肚子,成心要自己醉,一醉解千愁才好啊!

二姐发短信过来,问响响签证办了吗,这个暑假二姐计划去美国游学,机构联系好了,要提前三个月交钱。同样都是女儿,二姐家的学霸样样闪亮,小学阶段就已经钢琴十级、绘画素描十级、跆拳道十级、英语四级,文武双全,泼辣得像只野猴子,从小就是班干部、主持人,每个寒暑假二姐都带她去一个国家参加海外游学、增长见识。去年年底李响期末考试成绩出来后,米兰深刻检讨自己,妈妈做得不够孩子才不优秀,真心实意向有丰富成功经验的二姐求教(看看人家孩子活得那个自信乐观开朗,再看看响响闷头闷脑,一点都不响),觉得孩子不能只是苦读,还要见世面,让她有乐趣。所以过年前她跟二姐说,下个暑假资源共享,带上她和李响一起走世界。现在二姐短信发来了,"签证办了吗?"米兰把短信仔细看了好几遍,没有回复。二姐一个月前就问签证的事,一个月了,自己在干嘛?米兰想来想去,自己确确实实一心在孩子身上,时间全用来和李响、李东亮吵架了,各种操心事把她的智慧、激情、记忆全耗完了,她把签证的事忘了个精光。

都要离婚了,还签证呢!米兰嘲笑自己。想想真是不服气啊,二姐夫妻俩都只是大专学历,孩子竟是个学霸,万事不用操心,二姐要知道自己这情况,不知道心里偷乐成什么样?"离婚"这个词好像是解药,喝下去万事了结,也是一剂强心针,离婚了就能开启新的人生,甩脱过去,这不争气的孩子不要也罢,她爸稀罕就给她爸,看看他俩能弄出什么结果来,自己开开心心过单身日子,要旅游就旅游,要吃喝打扮就吃喝打扮,交三两个知心好友,天天在外面疯玩,赚的钱一个人花真是绰绰有余了,日子不知要比现在逍遥多少倍;如果孩子归自己也行,没有她爸撑腰,李响乖乖听她的,学习效率高了、成绩好了、母女关系和谐了,大家脸上都有光,日子再苦再累也比现在强几百倍,到时候说不准李东亮还要回过头来求她,为自己不信她的话懊悔万分。米兰躺在沙发上,看着天花板,这样那样地想着想着,觉得不那么烦恼了,脑子里的风火轮慢下来,转不到烦心事上去。二姐家闪亮的女儿逐渐消失了,二姐那教育家般假谦虚真得意的笑脸消失了,说她神经病的李东亮消失了,昨晚她和李东亮打了一架,他拿她打女儿的戒尺打她,打她屁股,奇耻大辱啊,现在这不可磨灭的耻辱也快消失了。

放轻松,任由它们消失,天地间白茫茫一片,自己如初生婴儿般来到世界,啥都不明白,啥都不去想。闭上眼睛,眼泪却流出来了,所有的前尘往事、前因后果模模糊糊糅合在一起,变成一股莫名难辨的汹涌委屈,冲破了被酒精稀释的意志闸门,她躺在沙发上放声痛哭。

哭了一阵,她睁开眼睛看看四周,安静的屋子里只有她一个人,桌上的酒杯酒瓶提醒她一个多小时前这家女主人的疯狂。心里的委屈好些了,像激流冲过一个窄地后,拐弯到了一个开阔处,宽松舒畅了一些。她又反倒有些留恋刚才的痛哭,要哭得再彻底一些才好,让峡谷两岸彻底溃堤。她摇摇晃晃地起来,找遥控器开电视机,毫不夸张地说,自从有了孩子,这十多年她没有好好看过电视,先是因为保护孩子眼睛,后是因为怕孩子迷上电视养成不良习惯、受到不良影响,再后来电影、电视剧根本都不看了,太浪费时间,现在每天陪孩子看新闻了解天下大小事,一看完就关电视,陪孩子争分夺秒地学习。

她任性地选台、选电视剧、选电影,像点菜一样一个轮着一个翻页面,奢侈地享受此刻选择的自由,各式各样的搞笑娱乐节目,裹脚布一样又长又臭的爱情韩剧,玄幻恐怖喜剧悲剧商业文艺电影,没有规则没有标准,平时什么都不能看,这会想看什么就看什么,到处都是"可以"。按了半天,她停在一部电影上——实在是选累了,着急使用如此奢侈的自由,一时半会儿却不会使用了,她想不出自己到底想看什么、从前爱看什么。什么电影都一样吧,极旱的土地,滴水都能解渴,随便命运安排她看什么,都舒服解愁。再开一瓶酒,这回要从容一点,一边看一边喝酒。她看电视机屏幕反光里的女人,向自己举杯道"干杯"。

她当然爱他,从前她多么喜欢看他睡着的样子,用目光一遍又一遍地抚摸他,眼皮、额头、鼻子、嘴唇哪里都看不够,他沉沉的呼吸声也是听不够的。经常半夜里,专等他睡着了看他,不满足看的时候还要去摸他,一遍又一遍,他的皮肤仿佛有一种磁力吸引她去触碰,那时他们还没有李响。

她想起昨晚他用戒尺打她,他拦腰把她抱在腿上。虽然在这之前他们俩已经吵了很久,推来搡去的,她欺负他嘴巴慢,也仗着自己年龄小,要他向她低头服个软,承认在教育李响的问题上她是对的,李响变成差生是他的错,可是他一句退让的话都不说,他连李响是差生都不肯承认,他发火了,她仍然以为他在开玩笑,怒气也许是真的,像年轻的时候一样,吵得急了,他就用嘴堵住她的嘴,吸住她的舌头不让她说话,抱住她的头不让她挣扎,亲吻像一种劝说和调情,总能挽救悬崖边的人,让他们忘了吵架。可是戒尺重重地落在她屁股上,她尖叫起来,像是被人杀也像是要杀人,第一下、第二下、第三下、第四下……她叫得绝望了,知道他是真心要打她,不开半点玩笑,打她之前,他还关好了女儿房间的门。

"好好想想,你错在哪里!"他一边打一边训她,他有点疯了。他太心疼女儿,女儿越来越不自信,在他看来一大半原因在米兰,总是责怪,从起床开始到上床结束,没有一刻是她满意的。也不想想谁还满意她了?每日满腹牢骚,别人的错、别人的错,人家的好、人家的好。

"我错在想做一个好妈妈!"她哭喊着,说得无比悲壮。

怎么这些丢脸的事又被想起来了,她怀疑坐着看电视使酒精从脑袋往下跑,于是歪歪斜斜想躺下,脚轻飘飘一滑,摔在地上,冰凉的地板贴着她滚烫的身体,还挺舒服。身体好像一个装酒的容器,躺下后酒精流淌到了顶部,为眩晕又加了一把力,可以想不起各种丢脸的事,李响让她丢脸,李东亮让她丢脸。

李东亮接到米兰的短信,给老师打了电话,实话实说:

"孩子昨晚被打了一顿,试卷也被撕了,哭哭啼啼没法订正。"他把打孩子、撕试卷的事情安在自己身上,惭愧得很。老师倒也不感到意外,承认打在某些情况下的重要性,但是李响性格胆小内向,还是要少打为好,"孩子也大了,都已经发育了,要面子,打是要伤自尊心的呀!"她在电话里和颜悦色地说,并没有半点李东亮事先猜想的怒气和责备。他倒不好意思起来:"求教了求教了,我们家长没有做好,让老师见笑。"对着这么一个通情达理的老师,他比打电话之前更加觉得对不住老师。老师说的每一句话都和他的意见相同,可见老师也是理解孩子的,发成绩给家长、查作业追问,不过是老师责任心的一种表现,孩子成绩不好有很复杂的原因嘛!

老师客气的态度缓解了李东亮的紧张,减轻了他的罪恶感,这样的情况看来不少,使用这种方式的家庭大有人在,到处都是为孩子忧心的家庭,他获得了安慰。放心了,老师自然是喜欢好学生的,家长自己也喜欢好学生不是么,老师没有歧视响响的意思啊,今天李响上课至少不会被罚站,老师知道她的父母是努力的,甚至她自己就是努力的。李东亮感谢老师的宽容,老师的声音听起来和他们是同一辈人,不知她的孩子多大了、学习怎么样。老师温暖的安慰一定是出自已有的经验,她知道培养一个孩子的不易、家长的满把辛酸泪。

挂了电话,李东亮松了一口气。

昨晚米兰要打响响,他护着不让,"好好说话!"他要求米兰,什么"脑子进水进糨糊的",做妈妈的怒不择词,这都把孩子骂傻了。米兰把桌子拍得"砰砰"响,从不听话、没出息、不孝顺开始训,说到自己的没面子、没希望,眼里含着眼泪,气头上三下两下就把试卷撕了。响响受到惊吓,"呜呜"哭起来,躲在李东亮后面不肯出来,一双泪眼里全是恐惧。李东亮倒不是有心护响响,也不想当孩子的面不把米兰的话当圣旨,可是米兰把响响从他身后硬拽出来后,把她按到床上打屁股,手起尺落,疯了一样,暴雨砸地般只管打,也没个轻重,响响憋不住疼"哎呀呀"叫,米兰竟然恼火得用枕头捂住她的嘴。他们夫妻俩这才激烈争吵起来,枕头捂嘴这不是闹着玩的。女儿大了,不方便看,但他知道响响屁股上的尺印子恐怕两个星期也退不了,这亲妈当得也太心狠手辣了。

米兰倔,他知道。这恨铁不成钢说到头还是期望太高,每付出一点,都盼着有收获,都要把良苦用心和真诚付出不断复读给孩子听,李东亮和米兰为这都吵过不知道几百架了,互相说服不了。说急了,米兰就给响响扣"不孝顺、白眼狼"的大帽子,事后想想,也知道说过了,可是已经没用了。响响已经同意了她妈的所有观点,"不孝顺的笨蛋""绣花枕头一包草",想从她脑子里抠出来都不可能了。

"你不好好学习,我们将来还指望你什么?"米兰说,"现在吃苦,将来人生才能不吃苦。"讲得有道理。

"孩子努力了,记不住、不会做慢慢来嘛,现在的书本知识点比我们那时候可深多了,换你背你也不行啊!"他跟她商量,劝她。私下里想想,怎么可能每个孩子都是第一名,总要有人排在后面的。"不要做了,已经十二点了,赶紧进房睡觉吧!"夫妻俩争吵辩论,他赶响响入房,打着哈欠满脸害怕和愧疚的孩子,从座位上站起来还不忘看妈妈的脸色,见妈妈没有再挥舞戒尺才躲躲闪闪地去自己房间,真叫他心疼。

替孩子关上门,他跟米兰说心里话:"孩子如果确实不是学习的料,确实有点笨,我们也就这么一个孩子,大不了以后我养她。虽然不承认自家孩子比别人家的笨,但是退一万步说如果笨是事实,也要面对呀。那些生出来就身体残疾、智力残疾的孩子,父母还不是要把日子过下去,和那些家长的痛苦相比,我们要高兴才对,孩子聪明能干,有足够的理解能力,品德没有问题,不是学霸也是一个正常的学民啊,胆小,是有点胆小,对一个女孩子来说,胆小是美德啊,至少她不给你闹事啊,你看看那些整天打架斗殴、逃学打游戏泡酒吧的,换给你,你都要急得活不下去,人家父母不但好好活着,说不定还活得神气活现的。"他宽慰她。

"你养她,你养她,你以为你是谁,赚那几个钱你能养她一辈子!就是你把她宠得没出息、不独立,她的日子长得很,得靠她自己过。"米兰说得有道理,她看过太多教育理论书籍,说出来的话没有一句是无理的。李东亮反驳不了,她根本不能放下对孩子过分的期望。"凭什么响响和那些最差的比,女儿这样不求上进,就是你这种思想影响的。"她反扣他一帽子。

"你看看我二姐,同样是嫁人生女儿,日子过得每天都是扬眉吐气……"生活遍布令她绝望的事情,押在孩子前程和男人婚姻上的赌注都显示出失败的征兆。别人家的妈妈们,上完班还有力气画着精致的妆容逛街购物,还能去健身室里晒长期健美的身影,周末还能带着孩子做可爱的蛋糕烘焙,还能赤脚站在沙滩上穿着漫天飞舞的吊带长裙露出少女般的笑容,尽显温柔女人、爱心妈妈的幸福,而她似乎光带一个孩子就已经精疲力竭,生活给满怀希望的她兜头一盆冷水,白日里的傲气白领在深夜露出不堪的衰痕,越想越生气、越想越悲伤,根本不想控制自己,泼妇就泼妇,她扑上去打李东亮,"都是你害的,都是你害的……"

到底是谁破坏了他们的幸福生活,李东亮不知道,肯定不是自己,他认真工作生活,努力做一个好爸爸好丈夫,但生活似乎并不愿意简单地认可他。"都是你害的,都是你害的……"多少年前,米兰众多的追求者里不乏有财力、有地位的,这种带着抱怨的话她不是第一次说起,但这一次特别刺耳。他的手被神秘的力量控制了,捡起地上的戒尺,把疯女人按在自己腿上。

给女儿补课?她的空余时间排满了课,米兰不惜血本地在她身上花钱。李东亮不想给不堪重负的女儿身上再压一根稻草。"根本不需要补那么多课,越补越差,投入与产出不成正比,你算算!"他否定她的策略。"补都上不去,不补会更差!你就光会算成本!"他无力反驳她的话,她明知他不是计较钱的事。

离婚吗?李东亮不愿意,无论是冷静时还是冲动时,他都不否认米兰是个好女人,她对家庭专注,说实话也算得上是好耐心了。发疯是这两年的事,女儿六年级升初中,分数考得不好被分到了慢班,这是一次刺激,慢就是笨的意思嘛,米兰哪能承认?进了慢班考试名次还持续后退,这是第二次刺激。从前叫妈妈得意的女儿一去不复返了,三四年级的时候她还经常考在班级前面,还能背出许多别人不会的古诗,还能写几篇让老师当范文的练习。妈妈还能从女儿偶尔的出色里看出未来闪闪发光的可能。"妈妈等你长大。"每当孩子失败、失落,她这样好脾气地安慰孩子,也安慰自己。但现在,她不再说这句话,"还有四年你就要参加高考了,四年,你再不赶上去,就来不及啦!"现在她挂在嘴上的话是这句,让人痛彻心扉、焦头烂额的一句。谁家孩子在学奥数,谁家孩子在英语考级,谁家每天刷题几套卷,从牛娃群里源源不断获悉的秘密刺激着她,她往往在前一句话后罗列一堆别人家孩子的优秀案例,表示就是现在立马行动,也赶上堪忧了,她被一个无处不在的快马加鞭的群体催促压迫着。但无论如何,米兰是个好女人,即便他们吵架打架,李东亮还是这样判断。等女儿长大成人,他们还是要过两个人的生活,米兰是合适的。

可是谁来救救他们的现在,这日子已经日渐丧失幸福。

李东亮想起一个女同事,女同事曾经和现在的米兰一样是个疯妈妈,逢人就讲自己的烦恼悲伤,讲孩子哪里不行、哪儿不乖、哪儿落后、哪儿差劲,总之没有半点希望。现在倒好久不见她发疯了,也不再每天唠叨,反倒身材丰满容光焕发了。他从前不愿意和单位妇女们谈家长里短、婆婆妈妈的事情,这回他想找她聊聊,耐下心来听听她的心路历程,相信一只从陷阱里脱身的小兽的智慧。

李东亮去学校接女儿放学,回到家推开门一看,吓了一跳,以为米兰死了,她躺在血泊中。慌忙定睛一看,她身旁滚着酒瓶子,半瓶红酒洒了一地,染红了她的白睡衣,满屋子刺鼻沤馊的酒味,她昏睡在呕吐物里,听到开门声侧了一下脑袋,没睁眼睛。

沙发上躺着撕开的结婚证书,半本在这头、半本在那头,他们俩在半本的同一处笑着,"看镜头,笑!一辈子患难与共、甜蜜幸福!"他们下定决心在一起,在民政局领证时,拍照的阿姨这样说,在他们咧嘴的一瞬间,"咔嚓"。

女儿看见妈妈这样,"呜呜呜"地哭了起来,她感到害怕和深深的自责。李东亮搂住了女儿,"没事没事,妈妈喝醉了而已。"先送女儿进房间,再委屈害怕还能哭出声流出泪来,这是现在响响最大的开朗了,这让李东亮欣慰,觉得女儿还是女儿,还正常还健康。这地上躺着的是另一个没长大的女儿,昨天他打她,她号啕大哭,坚决嘴硬不认错。认什么错?其实李东亮也说不清,知道她一定委屈得厉害,她那么要强,无论生活还是工作都追求人前体面,坚信付出才有收获,这也都是正常的吧。女同事的大眼睛扑闪在眼前,抛开疯妈妈臃肿的情绪不说,她倒是一个善解人意、心灵通透的女人。

米兰的手机响了,米兰一动不动地躺着,舍不得从刚刚进入的好梦里出来,她有了一个全新的孩子,她正从头教起,吃奶、学走路、学说话,她也回到了过去,年轻貌美身强力壮,她好耐心地带领她避开所有暗礁,看她一路过关斩将、小手挥舞、享受成功,她和梦中的丈夫幸福地拥抱在一起,笑得眼泪都流了出来。

李东亮拾起地上米兰的手机,二姐的三个未接电话。"暑假美国游学还去吗,速回复!"二姐两个多小时前的短信。

"不去!"李东亮果断地替米兰回复她。很久以前,他们牵着响响的手漫步在春风秋风里,枝头上长着新绿,脚下是未及清扫的落叶,时光悠长,够孩子长成孩子,够爸爸妈妈长成爸爸妈妈。

女同事扑闪的大眼睛里,满是那时清晨的露水。

李东亮收拾好地板，替醉在梦中拒绝出来的米兰脱去浸泡了红酒污物的衣服，她笨重地东倒西歪，任他摆布，两个胳膊被拉着举起来时，像一个心悦诚服、缴械投降的顽皮孩子。他扯着两只袖管用力往外一拉，"扑通"一下，一个干净的米兰从闷闭酸臭的大布袋里掉了出来。

有时候，他们都是被装在口袋里的猎物，被那不知道的谁捕获了。李东亮想。

为母女时

那晚事到临头,她才告诉金小小,今天有一个叫吴伯伯的人过来。

金菊花和金小小面对面坐着。金小小身体瘫软地趴在桌上,金菊花则像身子里插了钢筋,头、颈、腰板一律挺得笔直。

母女俩刚才经历了一场激辩,女儿把歪理邪说讲得一套一套的,母亲出于本能捍卫自己的论点,但依然还击无力。

几分钟前,金小小拍着桌子,站起来,绷紧的身体使这次谈话从温和的聊天演变成剑拔弩张的对峙,她怒目圆睁,直视母亲:"金菊花,你太自信了,且不说你是一个母亲,就说你作为一个社会的人,你觉得你的能力及格了吗?"

金菊花愣住了,更用力地拍桌子,近乎口吃地立刻还击,因为一时间找不到合适的子弹发射,她便使出全力吼叫,响到顶点的声音分岔开裂,嘶哑里带着血滴:"我,我,你,你看看你自己,像什么样子!"

这种还击几乎就是宣布投降。

屋外的城市陷落在逐渐加重的黑暗里,它是另一片深邃的天空,此时它正次第亮起点点星火,以代替黑暗逐渐带走的部分。金菊花手伸到墙上,一点点爬上去,黑暗里准确地按住开关,"啪",灯亮了。

日光灯下,女儿眼睛睁得大大的,一动不动地看着一块掉漆的地板,眼眶红肿,她无声地哭了很久。

金菊花认识吴东才好久了,也思考了很久,才决定带回家让女儿看看。女儿大了,越来越不好说话。

之前,金菊花还带过两个男人回家,那时金菊花有点情迷意乱,以为是真的,确定了——从金菊花这方面看,的确是真的。但金菊花不会看人,尤其是男人,过去的失败让她走极端,等她发现自己走极端,想返身回来,又会返过头。总之,彼此真情还是假意,精神沟通、婚姻渴望、身体需求、物质衡量在你来我往中分占怎样的比例,金菊花把握不好尺度,也难以准确推测。

说到过去,金菊花离婚八年,用了六年时间才忘记过去。刚离婚那阵儿,她脑子恍恍惚惚的,只要一听别人提"丈夫""男人""老公"她就想到前夫,她努力用各类强有力的哲理箴言来制止自己可能的失控,名言说"你不勇敢,没人替你坚强",金菊花挺挺身子,觉得自己还算坚强;名言说"不要轻易用过去来衡量生活的幸与不幸!每个人的生命都可以绽放美丽,只要你珍惜",金菊花便又看见明天的艳阳,好吧,过去就过去了。后来,金菊花又遇到两句名言:"坏记性是变得幸福的一大法宝。""过去属于死神,未来属于你自己。"她感激这两句话带来的启迪,她开始变得坏记性,让过去彻底属于死神。直到有一天,当人们说起她前夫的名字时,她竟然完全没有想起他们说的人曾是她的丈夫。之后的两年里,她开始着手寻找自己的幸福。

金菊花从没想过要单身一辈子,作为一个悲伤的被弃者孤独终老,这是耻辱。前夫背叛她的刹那她的泪花里就渗入了报复的盐分,她要活得更好嫁得更好,来腌渍前夫的伤口——倘若他还对她有点留恋或亏欠,那么盐分就从这里进入。她愿意和他两败俱伤。但是显然前夫并没有给她机会,离开她后的第二个星期,就在她浮想联翩的时候,他和那个女导购员结婚了,领了结婚证,确定了婚姻的存在,和外界划清了界限。金菊花彻底败阵,那个曾经非她莫娶、为她父母拒绝他而哭泣的男人对她再嫁与否、再嫁给谁不感兴趣,她活得是好是坏都刺激不了他了——她与他无关。

他与她也无关。金菊花用六年时间想透了这个道理,她决定不再糟蹋自己。

两年里,她谈过三个。之前两个,因为相信会与对方走进婚姻,所以身体里产生过认为可以被释放的波澜。但不知怎么,与身体的热相反,大家越谈越淡,到最后几乎无话可说。他们很快撤出她的生活,一个推托说性格不适合,一个推托说考虑到孩子的问题也不合适。他们两个,刚好给金菊花总结出两个经验,说性格不适合的,离异,年纪与金菊花差不多,没有孩子,便自视很高,以为还能找个迷路掉队的黄花大闺女。说考虑到孩子的,离异,带个男孩,年龄稍长金菊花一些,他老是怕自己的儿子将来受欺负,担心组合家庭两个孩子不好相处,来家里几次,看金小小的目光很是严厉,充满防范。和金菊花相处期间,他和前妻以孩子的名义时有往来。

吴东才是金菊花遇上的第三个。

金菊花生日那天,她邀请吴东才回家。他们已经有过相关方面进一步的接触,他的身体表现告诉她,虽然悲伤,但这几年,他并不是没有女人,这让金菊花暗暗吃惊,他看起来是个严肃的人,看女人的目光里有种自我克制。但是她不生气,这几年她也不是只有他一个,他也不计较她,甚至没有问她的过去。

那晚事到临头,她才告诉金小小,今天有一个叫吴伯伯的人过来。

金小小正在写作业,笔没有停下,继续在纸上画字符。金菊花走到桌边,移来一张椅子,坐下,静静地看着女儿。女儿是自己一手带大的,她知道她,她说:"我走得很慢!但我从不后退!"这是一句无名氏的名言。"妈妈的婚姻失败过,现在想从头开始,希望你能支持妈妈得到幸福。"

金小小的手停了下来,她抬起头,目光在妈妈的脸上一滑而过,又低下头。金菊花看着女儿,女儿十四岁了,胸脯已经微微隆起——她似乎并不喜欢自己这正在日渐成长的部位,总是含胸低头。"今天张晓丽跟我说,我们的班长给她传了一张纸条,约她周末看电影。"她有气无力地说,她长得不难看,却不承认自己是个女孩,穿得男孩样,短头发,灰色T恤、藏青色牛仔裤。

金菊花松了一口气,看来女儿对吴东才没有什么反对意见,她站起来把凳子推回桌子底下。"现在你的任务是学习,男女同学的关系长大了再说。"她拿出家长的姿态,女儿进入青春期了。

女儿耸耸肩,手指飞快地转一支笔。她只是想借母亲询问她意见的机会交换一下彼此的关注,她想跟她说说他们的班长,他很帅,篮球打得好,他们班的女生都是他的粉丝。另外,母亲的事,她也的确有些想法。

这时候,门铃响了。

这些年,她们俩的对话似乎总处在这种状态里,某一方终于愿意说些什么的时候,"门铃"响了。

金小小迅速推开书和作业本,抢在母亲前面去开门。等金菊花把裙子的褶子拉平,把耳根上几缕卷发嵌到耳朵后,她惊讶地看到,金小小牵着吴东才的手站在门口。

吴东才是一个工程师,进门后,"X光眼"上下一瞄,透过金菊花家屋子陈旧的装修看到内部本质,他夸金菊花房子结构好,抗地震。他虽然年纪大金菊花十岁,但是身材魁梧,有一种往外扩散的气场,往客厅里一站,客厅就显得拥挤了,屋子里阴郁的气氛一散而尽。

金小小自来熟地拉吴东才去她的房间,俏皮地嘟着嘴说:"伯伯你帮我看看我的房间抗不抗地震。"

金菊花拦住了。她朝女儿使眼色,但金小小不看她,她欢天喜地的样子。落座后,她又端起母亲放在茶几上的杯子,塞到吴东才手上,"伯伯,"她拖长尾音,"喝茶吧。"刚刚发育中的前胸在俯下身的领口里隐约可见——她还没有穿胸罩。

金菊花着急地看她。男人不动声色,他端住茶杯,轻轻吹开水面上漾着的茶叶,呷了一口,抿住,静静回味片刻,说:"你这龙井味道不错。"金菊花松了一口气,还好茶叶和他都给她面子。

金菊花怕女儿再做什么出格的举动,嘱咐女儿回房间。本来,她想让他们俩好好聊聊,彼此熟悉一下,为以后组成家庭做一些良性的铺垫。

金小小听从母亲的安排,站起来。这乖巧的服从让金菊花担忧,之前两个男朋友带回家给她看,她不是躲在房间里不出来,就是拿脸色给人看。这几年,她们的交谈很不成功,彼此的言行里惩罚对方的色彩明显。现在她的表现让她惊讶、慌张,她想干什么?

果然,金小小做出了惊人的动作。她捧住吴东才的脸,小嘴唇凑上去亲在他脸颊上,停留了一会儿,才把嘴唇移开。"祝你们聊得愉快。"她做得很自然,眼里是对爱的渴望,简直就是个纯洁的小荡妇。金菊花血气上涌,耳朵里听到"腾"的一声,大脑瞬间空白,手捏成拳头。她控制住自己的音量,但还是忍不住吼出来:"你回房间去!"

金小小愉快地转身,在进入房间之前,又想出一句话。她高声用发嗲的声音说:"吴伯伯,你今晚就住在这里吧!"

这次,金菊花的身体开始发抖,女儿的表现让人觉得母亲也是一个骚货,做女儿的竟然主动招呼第一次上门的男人住在这里,人家会以为她金菊花家经常有男人上门,尽管事实上她本来就打算让吴东才住这里——可那是、那是两情相悦时的决定。

她向他解释女儿今天的不对劲,工程师没有多说什么,也没有什么明显的情绪表现,只是把手拍在她手背上,轻轻地说:"我懂我懂。"她不知道他懂什么,也许经历生死让他变得什么都不关心,也就什么都懂了。但工程师的话有奇怪的抚慰力量,金菊花安下心来,带着忐忑的小小温暖,看他鬓角粗壮有力的零星白发。

金菊花趁女儿不在家的时候,翻了女儿的房间。女儿没有留给她只言片语的线索,现在的中学生已经不再写日记了。

晚上,女儿去邻居家借东西。女儿的电脑开着,QQ呈登录状态。金菊花点进女儿的空间,空间一打开,金菊花吓了一跳,墨黑的背景上一把刀在滴血。再细看,血不是血,是一张红唇,刀也不是刀,是一道闪电,人脸的其他部分因为被设计成黑色而与背景融合在一起,看不见了。金菊花一边支起耳朵听门外声音,一边快速浏览。

女儿站在邻居家门口,和他家儿子张都聊天,大概在说新闻报道的某起重大交通事故。

"腿都断了,还有啥活头,叫我说,万一车祸啥的,受了重伤又没能立即死,在救援人员到来前抓紧时间先把自己弄死。"她说。然后,俩孩子谈论起受了重伤,怎么把自己成功弄死的问题,讨论得热火朝天。

"方法总是有的,关键是要有必死的决心,但依我看,这世上活着的大多数人是没有勇气去死的苟活者,当然也包括我。"一番讨论后,女儿得出结论,她稚嫩的声音在走廊上回荡,带着可怕的杀气。这些话说得黑乎乎的,和女儿的QQ空间一样,未见伤口却滴着血,金菊花心惊肉跳,快速退出空间,这里没什么,女儿整天动什么脑筋?

金菊花只是费劲地在黑色背景里看到一行黑色签名:

世界给我的第一个伤害,就是把我降生在这人间。

女儿班主任来电话了。孙老师的安排至今看来都显得别有用心,她在她们谈话开始五分钟的时候,让金小小来办公室拿作业本。看见女儿,做母亲的沉默着——她和老师还没有进入正题,她不知道女儿犯了什么事。女儿低头匆匆离开办公室后,正题开始。

"金小小性格过于强硬,和邻桌关系处不好,很多人要求换座位,她这样不利于班级团结,不利于个人身心发展,也给老师的工作带来很多被动。"这情况让金菊花松了口气,不是道德问题,只是不算良好的个人习惯。

"是我特意让她来办公室的,要不然你可能不相信我说的。你看到了,刚才她既没有同我这个班主任打招呼,也当你这个妈妈不存在,起码的尊敬都没有。"孙老师这样说,用词虽然没有什么不妥,但听起来像挑拨母女关系。

金菊花想从单身母亲的角度去解释一下孩子内向不合群的性格,但是话到嘴边,她还是没有说出来——露伤口给别人看,是乞讨行为。而且她也不想推卸责任,她有时宿命论地认为,无论自己怎么努力去扭转乾坤,女儿依然绕开了各种障碍准确地走在母亲的老路上——是,她的基因在起作用。

"青春期的孩子,心里的事情多了,有时真的很难了解她的想法,我以后加强和她的沟通。"金菊花承诺。

"金小小一贯以这种态度和同学相处,有不同意见时,你没看见她的样子,像要吃人一样,对哪个老师都是有一句顶一句。"孙老师向上推推眼镜,手在空中抡了一个大圈,宏大的吵架场面被圈定在空中。

这两年和女儿的相处,不是两人沉默面对,就是吵架。老师说的场面,她不用想象就可以看到。她低矮下去,承认这画面确实不利于班级和谐,她也常常气得不想见她,何况是同学呢?惭愧,吵架的时候,她们母女俩都是吃人的样子。

"我家小小内向,她有很多自己的想法,不知道怎么说,本质上她是不坏的,还请老师多帮忙关照。"自从成为单身母亲,她的教育便以鼓励为主,她告诉自己,女儿可以有缺点,但这缺点一定不能是母亲单身造成的。她常常努力把自己分身成几个人,用不同的眼光去看金小小,避免因自己陷于一种情绪里而使小小也被陷于一种声音中。她实在不想一棒子把孩子打扁,即便在老师认真批评的时候。

"老师关心是肯定的,每个孩子在我们眼里都一样。"老师说,她音调上扬,为某种下压做铺垫。

"但孩子的教育主要还是来自家庭,以为把孩子送进学校就万无一失,家长就可以放手不管,这种想法是很可笑的。"孙老师的气愤渐渐显露出来,"我们都有自己的孩子,整天管别人的孩子,自己家的都管不过来,这种痛心你们做家长的恐怕不能了解。"

金菊花越发低矮下去,她对着老师频频点头。老师说得的确有道理,她都明白。为了表示对老师强硬语言的毫无压力,她比先前笑得更加真诚,仰头目视老师的嘴唇与眼睛,点着头说:"是的是的,孩子这样,我们家长有责任,主要责任在我。"

讲到一个班级几十个孩子要管,要去了解他们的性格习惯、家庭情况,要去使用不同方法督促他们学习,没有精力教育自己的孩子时,老师眼里闪出了泪光,这让金菊花手足无措。作为分散老师精力的孩子母亲,她能做的只是替老师拿张纸巾,为自己孩子的古怪感到万分歉意。

这时金小小再次来办公室拿东西,她既不看老师也不看母亲,拿了东西就走。金菊花无奈地看着女儿,她看起来的确傲慢冷漠,没有礼貌。她拉住女儿,以克制后的音调对又要匆忙离开的她说:"小小你要乖一点。"女儿像一只时刻保持警惕的狗,随时准备反击碰她的人。她一扭肩膀,甩掉母亲的手,她轻声飞快地说出一句不负责任的话:"管好你自己。"

办公室里所有的老师都停下手中的笔,抬头看这戏剧性的一幕,这母亲做了什么,给女儿抓住了把柄?而现在的情况是,如果母亲当着这么多人制伏不了自己的女儿,如何指望老师有效管理——这样一个孩子？她的家教可想而知。金菊花被办公室里骤然安静下来的空气冻得浑身一颤。

她抓住金小小，想再说两句。如果小小贴心，理解母亲的难处，就该给母亲下台的机会。但是，以她对女儿的理解——她的手在女儿手背上停留了几秒钟——还是松开了。

女儿背对着她。她一松手，女儿就像鱼一样滑出了办公室。

"金小小，你停一下。"孙老师适时出声，她凌厉中带着愤怒、威严、正气以及某些鄙视。事实胜于雄辩，这个孩子的家教确实有问题，母亲拿状况中的女儿没有一点办法，虽然她也从事教育工作，但毕竟只是学前教育。

孙老师开始教育低头不说话的金小小。金菊花敏感地觉得，自己和金小小一起被看低，今天的这一幕也是在教育自己。

回家的路上，这些年独自带孩子吃过的苦，电影一样播放在心里，金菊花委屈的眼泪流个不停，迫使她挤在人群里不断擦眼睛。老师的这种情景再现式教育，把金菊花这个因素也设计进去，老师振振有词的话无论如何看来都是为她们母女俩共同准备的。

最近中班孩子的教学内容进入了散文诗单元。

"蒲公英,蒲公英,爱做梦的蒲公英。变成一颗星,最闪亮的一颗星。就是我呀,蒲公英。"

金菊花挥舞着手臂,快速搬动左右脚在木质地板上转圈,像一朵蒲公英自由飞翔。孩子们看着她,纷纷开始转圈。他们小小的身体转得东倒西歪,煞是可爱。金菊花不急着去纠正他们转动的方向、速度,她又转了一圈、两圈,这次两条手臂摆到了头顶,手背靠手背,像蒲公英在风中享受飞翔的刹那。

孩子们笨手笨脚地学着,金菊花站定,温柔地放眼望去,寻找需要帮助的孩子。副班主任小许是一个可爱的大学毕业生,在教室另一头教孩子。她说话声音带着夸张的嗲音,表情和肢体语言都丰富,孩子们特别喜欢她。金菊花看看她,扎着马尾辫,全身上下的颜色都是孩子们喜欢的卡通色,明亮可爱,粉红色的裙子在转动中盛开,她确实更像一朵爱做梦的蒲公英。金菊花再看墙侧镜子里的自己,一个穿着暗色衣服的中年妇女,臃肿的身体使熟练的动作也显得笨拙,一脸沉醉的笑,简直是幼儿与妇人的奇怪结合体。

就那么一走神,金菊花忽然想起吴东才,他最近一个星期没有联系她,金菊花隐隐觉得女儿那次的表现终于还是影响了他的判断。想到要做的事情,金菊花心烦意乱起来,再也进入不了蒲公英的飞翔。

对自己的旁观,让她发现一个可能的事实:在自我沉醉的过程中,蒲公英可能早已偏离了原先的方向,轻盈的飞翔变成沉重的漂浮,甚至是变相的堕落。而一直以来,她都以为小小就是眼前这些稚嫩的蒲公英,什么旋转姿势都是自然而美的,大人要做的就是充分信任。但现在她知道金小小未必就不是一朵不知不觉堕落的蒲公英。她要帮助金小小避免走上自己的老路,这么多年,这份保持天真的工作难道不也是谋害她金菊花的刽子手,她现实的应战水平停留在理论层面上。蒲公英蒲公英,这种童话只能教到童年为止。

这么想着,她再也不想有任何动作。她现在应该做一个三十八岁妇女应该做的事情,而不是在这里陪着一群孩子全身心地投入忘我旋转,扮演蒲公英、小雨滴、小白兔,讲它们那些莫须有的真诚勇敢、善良智慧。

谈话很不成功。金菊花没有想到,在两个女人相依为命的家庭里,她们俩的隔阂竟然会那么大。女儿历数母亲多年来失败的人生劣迹,连她职称晋级的失败都不放过,仿佛这么多年,母亲的所有努力只是给女儿做了一个反面教材。

天已经黑了,她无力地靠在椅子上,承认女儿的认识确实在进步。她在女儿的申诉里看到了一个可怜的自己——身上背着失败的人生,女儿的看穿使她瞬间有了放弃的绝望,她不再想做一个面面俱到的母亲,也不再想做万事通的女强人。她想破罐子破摔,不负责任地把自己摔碎。

"好吧,你说得对,我对生活不懂装懂,包括对你,无论我怎么努力欺骗自己,事实告诉我,你离我很远,虽然你是我生的,是我一天一天养大的。作为一个女人,我这一辈子是失败的,有时候我都没有活下去的勇气,夜里经常哭醒,但丁说:'走自己的路,让别人说去吧!'雪莱说:'冬天来了,春天还会远吗?'汪国真说:'既然选择了远方,便只顾风雨兼程。'还有谁谁谁说:'只做第一个我,不做第二个谁。'去他妈的,都是狗皮膏药!"她爆出粗口。

"但是,我不得不靠它们止疼,没有它们我会止不住地责骂自己,太笨了,害了自己,还害了小小,小小的每一点不成功都是我这个失败的妈妈造成的。有时候我想,我简直不配在这个世界上活着。"

愤怒、悲伤中的女儿抬起头,奇怪地看着母亲,她在以吼声控制住形势之后,居然说出这样的话,像一个自我检讨的学生,令她手足无措。

"那个吴东才,我为什么那么在意?"她甩了甩额上掉下来的头发,像一个喝了太多酒的失恋女人,用一种绝望过后无所畏惧的眼神看着金小小,脸颊惨白,嘴唇颤抖。

女儿不说话。但她瞪着眼睛回视母亲,里面是暧昧的内容。

"男女的事情,你大概懂了一些。"金菊花放肆地说,她看到女儿眼里立刻弥漫起鄙夷的烟云。

"我知道你觉得我很脏。但是,告诉你,我比你能想到的更脏更俗气。"她继续说,"我贪图他有份正式的工作——这工作还不赖,我还贪图他的不幸。他在一场车祸中失去了老婆和孩子,消沉了四五年,才重新振作起来,他这段灰暗的人生经历和我差不多,我同情他,陪他掉过眼泪。私下里,我为老天为我准备了这样一个人高兴,他大我十岁,已经有一定社会地位,这种人一旦再婚就不会轻易离婚,只要他真心想跟我过日子,你就会是他的亲生女儿,他经历的不幸会让他珍惜以后的日子。我想赌他一次。"

金小小听着听着,已经不由地竖直了身体。母亲的计划确实太不堪了,她知道世风日下,但万万没想到母亲也是丑恶世俗中的一员,把婚姻当作可以算计的买卖,对方的不幸竟成了她的财富,而她的全盘计划里竟然没有感情的位置,但更令她意外的是,母亲的不良计划里竟然搭上了自己。

"你这算什么,为我牺牲?"金小小眼含泪水,斗鸡般竖直了脖子,咆哮着反问她,"我恨你这样,自以为是。"

"你自己俗不可耐,不要拖我下水!"她又恶狠狠地添了一句,以足够的分量来刺激母亲,不必拿自己做借口。

"我就这么点出息,这么点算计。你刚才都说对了,我只是一个幼儿园老师,本事只比小孩子大一点。所以,这一次,我只想实在点,我只相信实在的东西。"母亲的身体随着藏在里面的话慢慢地说出,变得越来越软,像瘪了的气球,两层松弛的皮搭挂在椅子上,她趴在桌上开始放声哭泣。

"我恨你爸!"她终于彻底醉了,那个忘记很久的人又被想了起来。

往事浮出水面。

金小小第一次听到了父亲和母亲的故事,不出所料,是痴心女轻信负心汉的传说。

金小小不知道母亲用了怎样魅惑的功夫去逼一个老男人答应好好去待她之外,还要额外给她女儿父爱。床上的男女之事她的确已经略知一二,她有一个同学,已经有这方面的经历,在班里大姐大一般,很是威风。一想到母亲在床上可能有的表现,金小小抑制不住地感到恶心和痛心,这个女人本事有限,十分努力就会显出十分笨拙。

吴东才曾托母亲给自己转送过一些礼物。一个德国进口的水壶,装在玫红色软羊皮小包里,容量大,拎着却方便;一条袖管上镶银丝的公主裙,裙摆里里外外有六层,走起路来沙沙沙地响,他请母亲转告说,他觉得她穿裙子会很好看;还有一张她喜欢看的娱乐节目的入场券。这些礼物,金小小扔在一边,但其实她是喜欢的。金小小现在才知道,他的用心是金菊花积极争取来的。

屋子里安静得像沉入了梦境。

她把自己的手从母亲手里抽出来,从书包里翻出手机,她说:"我给他打电话,让他过来。"为了拉拢女儿和他的关系,她曾意图明显地把他的电话给女儿。

金菊花慢慢走上来,神思恍惚地把她已经输入最后一个数字的手机按掉了,她说:"不要打了,我们等等,如果他不想联系,那就算了。"

"还是看看缘分吧。"她轻声说,这时的金菊花像是清醒的,没有用任何一句名言。

金小小也没有反驳,她爱憎分明的原则突然消失了,第一次温顺地坐在了母亲身旁。

第十二遍

太阳白茫茫的,无力而恍惚,寒假过后的这个学期是从大雪里开始复苏的。高何看了一眼窗外,已经是上午九点了,天空还在昏睡中半明不晓。

"它让我们想起许多远逝的鲜活事物,即生命的目光最初遭遇的哲学命题。"高何老师介绍作者的书,这句好听的话是他为上课做大量准备工作时从网上搜来的评价。信息时代,这很便捷,用在这里也很妥帖。

尽管已经连续几周没有好好休息,特别是昨晚凌晨两点虽疲惫却辗转难眠,但今天正式进入讲述的轨道后,所有令人不安忧虑的细节都消失了,预想中的问题一个都没有出现,高何老师幽默风趣、滔滔不绝,思维快得语速赶不上,课堂情况比料想的好太多,他模仿大师上课的姿态,左手插在裤兜里,右手负责指点江山,课文已经滚瓜烂熟,书象征性地翻开在讲台上,他站在离讲台很远的地方,提醒学生注意第十九页第四行某句话、第二十一页第七小节第五行某个精彩修辞……沉浸在一种忘我的享受中,以至于忽然发现夏迎迎举着手时他吓了一跳——她的手指上有血。

怎么啦?他心中一惊。环顾教室,全场老师们严肃地看着前方,讲演台中间是高何,他身后是宽屏幕上引人注目的PPT,没有人注意到一个举手孩子的手指上有血,带血那面朝前。他假装没有看见,又往下讲了几分钟,如果打乱了课堂节奏,他恐怕救不回来,目前学生的思路正朝他设计的方向上走,在前面多次"失败"的对比下,目前的课堂状态前所未有地好,他渴望完美。夏迎迎默不吭声,问题应该不严重,估计是流鼻血吧!

微小的分神到底影响了他,高何老师的语速变慢了,他听到另一个声音在耳边响起,"教学生对复杂情况的掌控能力是教育的目标之一"。这个声音是教育家怀特海的。假装看不见能保持多久?既然不能一直看不见,何不早点处理,免得给在场的专家老师们留下不好的印象,"充分关注课堂细节、发现学生身处的状态",这是谁说的,那么"看不见"也是一种错误,对于老师而言,课堂不应该是老师能力缺陷的避难所。他在继续分析课文思路的同时,分出小半个脑子急速思考。著名教育家、教育工作者们包括他自己在这小半个脑子里现身,一起批评高何老师,所谓言传身教,这本是一个绝好的展现老师对复杂情况掌控能力的机会,他却要放任它失去。精彩有时意外而至,他决定接住这个意外的机会。当然也出于某些严厉的自责。

"夏迎迎,你怎么啦?"他停下投入的讲解,问夏迎迎。停顿和发现衔接得恰到好处,没有人怀疑曾有片刻的犹豫出现在老师身上。所有的目光都被这个忽然插入的问题吸引侧移到坐在课堂右中部的小女孩儿身上,他和她都在聚光灯下。

这是考验他在焦虑中稳定处理事务的能力,有时他的激进会变成暴躁,他的担忧会变成回避,完美主义是对不能完美的矫正,这首先意味着他不能完美。他衣衫笔挺而心有惴惴,有些方面,虽然他做了老师,却还总是被母亲批评,使他有一瞬间的犹豫退缩。"你总是弄不好。"似乎是母亲在耳旁说话。

果如猜测,只是流鼻血。他从演讲台上走出来,向别的同学借餐巾纸(这实在不易,今天这堂课安排在阶梯教室,学生们日用的东西在另一幢楼的教室桌肚里,一个老师从后面传过来一包),他向她简洁明确地说明和示范鼻翼按压止血法,这里鼻根上,不,那里错了,鼻根上的出血点,按错地方会使血流出更多,之前她仰着脖子,喉咙里咽下去的血块需要吐出来……突发事件仿佛带来了多米诺骨牌效应,学生们脖子伸得一个比一个长,好奇地看夏迎迎手上、鼻子上、脸上都是血,红白对比使她失血的脸显得更白,后排的老师们纹丝不动地坐着,看高何老师思路清晰、动作紧凑地操作,知道这个问题他一个人解决就足够了,不需要更多人掺和。

高何老师尽量表现得像一个处理临场突发事件的高手,不紧不慢、不慌不乱。照顾好女孩,又把讲台上准备给自己的矿泉水拧开,递给她擦脸洗手。他悄悄地抬腕看了看手表,尽管过程紧凑有序,还是用了他两三分钟时间,他要把四十几个学生被鼻血打乱的心思收回来。

"陶碗、瓷器、碾砣上的石质花纹,蛋卵上的斑点,变质面包上的菌斑和女孩儿脸颊上的点点血迹,它们构成斑纹无处不在的美。"他即兴发挥,把夏迎迎的血迹概括进要做的总结中。大家轰地笑了起来,这笑声就是鼓掌的意思了。夏迎迎右手按着鼻子也跟着哈哈大笑,听了老师的话,感到很受用。

分散的心,被巧妙地聚拢回来了。

阶梯教室天花板上呈扇形安装着几十盏顶灯,灯光像柔软的手按摩着坐在它下面的人们,橘黄色的暖光灯给三月的冷空气带来温暖的错觉,而白色的冷光灯则使人保持清醒冷静,它们交错在一起,糅合成新鲜的光明,使人对未来产生一种浪漫神奇的向往。

"最艰难的时候,离胜利最近",这是高何经常鼓励自己的话,昨晚凌晨两点他还睡不着觉,闭着的眼皮里有一个小型剧场,自动播放已经上过的每一遍课。

今天是这篇课文的第十二遍教学,也是最核心的一遍,整个大市的优秀课堂教学展示及评比,评委专家们、同行的老师们来听课。在这堂课之前他借班上课,但这一遍给自己班的学生上,毕竟自己的学生与自己更加默契一些,他们喜欢高老师。经过十一遍现场实践、不断调整,第十二遍与第一遍相比从思路到语言都已经大相径庭,他完全不担心学生会有重复的感觉,与第一遍相比,这一遍是跑向终点的另一个小道,有不同的风景。而且学生们跃跃欲试,都想要在高老师参评全市教学奖项的重要一课上表现出自己的努力和才华。

第一遍做了精心准备,但还是有许多疏漏——如果作为一堂平常随意的课,它倒是有许多额外的优点,因为准备得精心。但对于完美课堂的理想而言,许多地方他处理得不够高明,特别是对学生回答的接续处理,有些匆忙,不够机智。他被学生突然抛出的看似成熟实则是非难辨的观点吓了一跳,在这一跳之间,他的回答像是一种逃跑。"你总是弄不好。"事后,他用母亲的言论批评自己。

第二遍时,另一个班的学生没有说出上一个班级那种颇有争议效果的话,因为不甘心事后准备好的精彩回答就此不用,他把对上一堂课接球失误的补救硬贴在这一堂课的阐释中,事后想想,虽然周全了,但是明显生硬,缺少学生参与构成的过渡,他好像在背书一样,学生们则目瞪口呆地听着他大段独白。

第三遍时,他放弃了那个充满哲理的回答,老师怎能替代学生的精彩?怎么引导学生说出来才是关键,为此他改变了课堂结构,把答案埋伏在千言万语的替换词中。整堂课好像在找一个谜底,而他只做缄默少言的引路人。但这也错了,他偏离了设计的课堂目标:学习课文的修辞手法、行文的结构,形散而神不散。

第四遍时,他的板书有了新的改变,除了列出课文段落,他还让四个学生到黑板上来分别概括段意。然后他擦除冗词,黑板上只保留有效的核心词语,这些核心词语就是段落大意的核心,也是全文的重点所在。这与第一次相比,板书的视觉过程竟能启发抽象的意义理解,算是明显的突破。

……

"蛇,夸耀着用心险恶的美",读到这一句时,他打开桌上的画卷。大家惊呼起来,从未有哪一节公开课,能拥有一幅为它特地创作的画。

在之前试上的十一遍里,他甚至邀请了其他学科的老师来听,人家开始有点不情愿,谁愿意做非专业的事情耽搁自己时间呢,但听过之后,他们对他控制课堂的能力大加赞叹,又意外地给了他新的启发。譬如,地理老师对于"宇宙中孤独旋转的地球"给出了新空间观的理解,数学老师由衷赞叹大自然具象数字的无限重复之美,美术老师事后给他画了一条五彩斑纹的蛇、一只头上顶着一片树林的梅花鹿——这两幅精美的画,在今天的课堂上第一次亮相,加深了"有些斑纹如同燃烧火焰"的触目感。

他暗暗得意,这是老天赏赐给勤奋者的礼物。

因为实在舍不得第一遍时学生突然提出的那个好问题,他把问题在第十二遍里又挪回来了。"弱者的抵抗外强中干,必须模仿恶才得以自卫,这句话怎么理解?"他要的辩证思考与误会都在里面,这将是一个展示老师引导能力、学生思维能力的回答。

"出于自卫,弱者有时要假装凶恶,就像毛毛虫身上五颜六色的花纹像一只狰狞的大眼睛,用来吓唬要吃它的小鸟……"学生们安静思考片刻后,徐飞站起来回答。

这个问题就是第一遍时徐飞抛出的,他私下与他商量,掐掉了他说的关于当下教育之恶的部分,"我认为,所有问题学生都想做好孩子,他们之所以奇装异服、越来越邪气,是为了捍卫自己的尊严,太过咄咄逼人的教育是一种强大的恶,它用分数高低为标准简单地完成对学生的入侵,某种程度上说也完成了对老师、家长的入侵。"这是他当初的话。他惊讶徐飞竟然能跳出自己是"好学生"的身份,看到教育某些时候的另一张面孔,这张面孔,高何也是看着它长大的。但这句实话在不适当的场合说出,便是错误。课堂不需要这种没有实际意义的批判式思考,公开课尤其不需要。

"蜜蜂有刺、蜥蜴变色、黄鼠狼放臭屁……它们看起来很可怕很讨厌,其实却是逼不得已……"这一段未必和题目准确衔接,但是没有关系,有错误的课堂才是正确的。高何满意地听徐飞展开理解。

"像在背书。"有个小小的声音说,高何听到了。

高何课前跟徐飞说过,这段大意相同的话最好能像第一次说出的那样表达,一边思考一边陈述,不要让别人误会早有准备。也许是出于表演的羞涩与矛盾心情,众目睽睽下,这个要求给他太大压力,他现在吐出的词磕磕巴巴,像演技拙劣的舞台剧演员。

也许徐飞也听到了这个声音,他涨红了脸,磕巴得更严重了,"……牛羊头上长角、刺猬身上长刺、穿山甲穿铠甲……他们用奇怪的模样武装自己,就是因为它们是弱者……豺狼虎豹狮等猛兽们,则光凭利齿利爪和一颗要吃它们的心……就可以轻松搞定弱者的'奇门遁甲'。"

"嗯,慢慢说,不要紧张。"高何在学生磕巴的停顿中鼓励说,这句鼓励的话其实是说给全场的耳朵们听的,以解释"像在背书",这个孩子只是有点紧张。他又顺带引导说,"嗯,这个想法很独特,能说得具体一点吗?比如……"以显得后面的回答出自他现场的提醒。

"弱肉强食的规律不变,弱者必须向恶靠拢的普遍性就不会变,他们直接依靠恶、利用恶、变成恶、假装恶,"徐飞慢慢找到感觉,寻找到自己要说的话,不再背书,"所以有时当实力不够用时,形式主义就会变得重要……"

什么意思?高何像所有人一样,好奇地静听学生的高论。这段话不在练习之中。

"比如……比如,老师或家长有时候怒气冲天训斥某个做了错事的学生,其实只是虚张声势,他用猛兽咆哮的样子吓唬看起来软硬不吃的坏孩子……这样的师长本质上也是弱者,因为理屈词穷、气急败坏才求助于形式上的威猛,这样的师长可能甚至不比被教育的孩子强大。"教室里大家嗡嗡嗡交头接耳。孩子歪理邪说自有逻辑,听起来不无道理,但继续说下去恐怕要把课堂带歪,脱离本堂课的教学目的——教学目标倒还是其次,重要的是这堂课是展示评比课。

不!他们计划好的"比如"应该是这样的:"比如有一些欺软怕硬的人,用"欺负软弱的人"这种恶来掩饰他本质上的弱,在真正的强者或恶人面前,他就没戏了,这段话启发我们模仿恶说到底只是弱者之路,只能防守无法进攻,只有把自己做强做大,才能有效抗击,也能保护其他弱者,就像我们的祖国坚持走有自己特色的强国之路,在世界政治经济各领域都有强大竞争实力,变得更强才是根本发展之路。"作为理解之一种,这是一个既有深度也能励志并且结合现实的回答。

可是徐飞绕了半天又回到了第一次回答时被掐掉的意思上,对他日日身处的现实确实有话要说。高何忽然发现徐飞身后的影子竟然拉升得很长,折到远处墙上站着,变成另一个人,好像太阳从广阔大地上刚刚升起,迎面照着他。

第十二遍,他们当然知道他已经上了很多遍。他们一向都是乖乖配合他的学生,他选他们作为公开课的班级,因为他们比较能说、会发挥,更因为这是自己的班,他们会贴心地跟着他走,他考虑过风险问题,但很快就被自己否定了,全程录像的课,台上主讲的老师都那么紧张,料想学生不会那么随意。他的学生们知道这堂课对老师意味着什么,成绩、肯定和机会。

作为一个九〇后的教育界新人,他积极上进得有点吓人,抓分数、搞教学、写论文,所有的教育教学比赛他都参加,他没有给自己从学生到老师转变的时间,直接变身成一个比赛狂人,进入各项能力的竞技现场,与诸多隐形的大师们搏斗。他不愿错过任何机会,当年按他的实力可以考进一所顶级的大学,但是"每逢大考必犯冲"的魔咒太灵验,高考分数揭晓,他只能上一所一般的学校。从前失去的,他要通过努力再得到,他想比那些考上名牌大学的同学们更早收获成功。因为拼命三郎的优异表现,工作五年他两次破格参加职称评审,教育部门也很乐于发现一个教学热情饱满、教学才华横溢的九〇后新人,额外给他更多机会,将他打造成教育部门培养青年教师卓有成效的案例。如果这次课堂评比获奖,他评高一级职称又多了一张底牌,他想要给下半年自己生日准备一份大礼。

学校按惯例给每一个初入教育界的新人分配师傅。他的师傅是一个八〇后,大他八岁,成为他师傅时从教九年,教学成绩斐然,已经做了年级备课组长。这激励着高何,要跟师傅一较高下。在做出成绩这方面,没有先来后到之说。他们是一对耀眼的师徒,虽然师傅除了告诉徒弟基本的从业要求(这些书上都有)外,并没有传授更多教学实战技巧,但师傅对他最大的馈赠是战斗、不服输、快速进攻的执念,这就够了,剩下的他自己来。这次比赛,师傅也参加。他们师徒同台竞技,他告诉自己,只能赢不能输。

太想赢,就像学生时代的每一场考试。他的身体里那个虽然沮丧但依然存在的学生,在教师这个行业里复活了,学生们代替他去获取高分,他在高考失败后以新的方式去赢得更大面积的胜利。

"第一次参加这种大型比赛,稳定发挥最重要,剑走偏锋固然有奇效,但是会有把握不好的风险,按部就班可能更适合你目前的状态。"看他第二遍课时,师傅提醒他(师傅上另一篇课文),他每一遍都想出新,都想与众不同,有时候甚至过于拔高自己,与学生所想脱节,"稳定心态很重要,平常发挥就是成功!"

什么是平常发挥?他这五年人生以超速度前进,他的每一天都是高考前夕,用汗水改写明天,他不允许自己停下来。十二遍,整个云城高中历史上没有过这样的数字,拿到规定课文的四天里,他每天除了上自己班的日常四节课之外,还要借班上三节课,在一节与一节之间快速调整修改教案,他放弃一切休息时间,超常发挥就是他的平常发挥,不然还怎么赢师傅、赢别人?

"嗯,我们的徐飞同学对教育中存在的某些现象表达了自己的想法,还是蛮有见解的!"高何肯定他。还能说什么,赶紧绕过去,不要接他的内容,对错不管。他挥手示意徐飞坐下。

"夏迎迎脸上的血迹是斑纹,橡皮擦擦掉后纸面留下的痕迹是斑纹,说过的话被删除的痕迹是斑纹,我们内心颤抖的惊慌、好奇、恐惧、得意交替形成的漩涡是斑纹,爱与恨、丑与美,斑纹无处不在。"徐飞说,安静的教室,有所禁忌的环境刺激了他的才华,磕磕巴巴消失了,他一气呵成,声音低沉而优美。

"我们的教育应该引导孩子的思维,帮助他们进行真正的学习。"教育家的话迅速跳出高何的脑海,他懊丧地承认,他对徐飞的偏爱,来自自己舍不得放弃的部分,徐飞像学生时代的自己。把这个善恶强弱的问题拿出来问,也许是太危险的一招,在思想的险峰上容易成就飞翔,也容易丢失性命,此时此刻,高何惊讶地发现他对徐飞的思维能力和可控性都缺少必要的了解。

"很精彩,徐飞同学不但事先做了充分的预习,还进行了独立认真的思考,是的,肉眼可见的斑纹和不可见的痕迹,构成了斑纹世界的全部内涵。"高何再次挥手示意徐飞坐下,转身在黑板上写下"无处不在",就此结束讨论。

等他转过身来,徐飞还站着,远处墙上的黑影和他一起站着,不离不弃。

"你可以坐下了!"他绅士地笑着,耐心示意站着的学生。这示意可以理解为,新的环境里学生太紧张投入,不知道回答完问题可以坐下。

"如果今天的课因为我失败了,你会生气吗?"他似乎忐忑不安地问道,执意要站着。教室里格外安静,学生如此真诚地照顾老师的心情,这样的场景不多见,在这样的公开课上从未有过。大家急切地想听他下一句。

"当然不会,你说得很好!我们的语文课堂就是因为有你这样善于思考的人才精彩,答案是不是准确、标准,不是最重要的。"高何安慰他,他希望他赶紧坐下去,今天他怎么了?他要切换到下一个话题上去。教学目标的几个部分,占时比例、讨论的充分程度、启发性、考点落实……考量一堂课的若干标准,课堂的节奏必须把握在老师,而不是某个学生手里。

"老师,当一堂课上到第十二遍的时候,你的忍耐和追求有没有形成一个斑纹,刻在某个时间上?"徐飞说。

教室里一阵惊呼声。为这句话,还是为台上故作轻松的老师?学生们惊讶地看着徐飞,继而又惊恐担心地看着高老师。老师们在后排窃窃私语。

"这种精致的形式主义,会不会也是某种实力不够?我们乖巧配合,它所形成的恶的力量可能会摧毁我们的真实思考,于是我必须假扮恶,以坏学生的面目出现并质疑这堂课。"他慢慢吞吞、坚定不移地说道，"请老师原谅我，这个问题我想了很久，不明白，今天这么多专家老师在场，也许有人能给我答案。"

"当然，你也可以当我在开玩笑，"徐飞又轻飘飘地补充一句，"大人总是习惯回避他们不想面对的事实。"

所有的潇洒都消失了，老师在讲台上假扮成游刃有余、才华横溢的样子，这是精致的作假！这是恶意的表演！老师满足于展示自己的技巧和能力，却违背了教育的初衷。

他的头一阵眩晕，脑海里垂头丧气的那个小子几乎占领了他，他前后左右踱了几步，想要甩掉那个失败的人。头顶的灯光忽然有点刺眼，随着高何在讲台前的移动，他的影子一会儿拉长压在学生脸上，一会儿缩短踩在自己脚下。他移动到一个舒服的位置上，不受来自光的压力，窗外的天空在逐渐醒来，而室内人工制造的耀眼让这舞台有点梦幻，一群人挤在教室里接受灯光强行醒来的召唤——已经是明媚的白天了。

所有人都不说话，目光聚集在演讲台中央的他身上——左手还插在裤兜里，右手也插进了裤兜，藏在里面发抖。

窗外树影欢动,大丛的慈母竹和芭蕉树挤在阶梯教室尽头的窗边随风摇摆,一会儿探进脑袋、一会儿侧身离开,影影绰绰,好像也忙着对教室里发生的剧情议论纷纷。

他镇定地站着,保持着脸上理解的笑容,"徐飞同学提出了一个很有价值的问题。"他像是自言自语。上帝厚爱,又抛给他一个全新的复杂环境,他要接住。课堂又回到了第一遍时,那时他因为捍卫某个答案的标准和设定的流程而未能照顾好提问的徐飞。这一次,下面的程序不再至关重要——他根本没有选择的权利。他要面对的是一个疑问未解的学生和自己,教育真正的节奏在哪里?"你总是弄不好"的关键又在何处?

他表演潇洒,的确是想掩藏紧张。他回避学生的问题,是因为这些问题他也深怀不解。他置师傅的警告于不顾,热爱冒险,这与现在的徐飞何尝不是一样。但此刻,所有的现在,都回到了过去;所有的老师,都回到他们的学生时代;所有逃脱开的,又都变幻面貌聚拢过来,只要白骨精不死,老爷爷、老奶奶、美少女都有可能是它。从前他来不及想的,现在需要想想,包括"每逢大考必犯冲"的预言。

"今天是我上这堂课的第十二遍,"他昂着头,老实承认,"每一遍都有进步和收获,在许多老师的意见下进行新的调整修改,我想把最完美的课堂呈现给大家,这是精益求精的完美主义,我相信在座的各位老师和同学都明白,成功不是一蹴而就的事情。"他胸有成竹地说,好像一切都在意料之中,毫不怀疑自己的实力遭到质疑,也不担心他的信徒们由此失踪。

"承认自己的不足,是前进的基础。这十二遍是十二个外形相同而内容千变万化的符号,构成我个人事业斑斓的一部分,确实如徐飞同学所说,是一块斑纹,并且在我看来还是一个精彩的斑纹!"

"有的同学会问,上十二遍的课还有真实性吗,难道不是在弄虚作假吗?"他停顿下来,环顾全场,自己也在思考,学生们、老师们都聚精会神,类似的疑问他们也许亦深怀已久而无暇思考,这意外忽至的课堂真是生动新鲜。

"精致的练习与真实不相违背,相反通过不断练习,当技术成熟到一定阶段,更有助于真正的'真实'到来,"他停顿一下,给自己和大家时间消化,"事实上,即便已经上过很多遍,在场的所有人经历的还是第一遍,包括我,因为课堂品质已经有了质的飞跃。"

台下,有学生点头表示赞同。

"如果没有前面十一遍的熟能生巧、深入思考,今天这堂课,我也许无法回答徐飞同学的提问;徐飞同学也不会有这样深刻的质疑,所以正是因为这十二遍引发的思考,才有了今天真实的提问与回答。感谢徐飞同学送给老师的问题,这流畅课堂中忽然停顿的一块斑纹,是我通过努力收获的一枚勋章!"他缓缓抒情道,弯腰鞠躬感谢在场的所有人。

"斑纹无处不在,就像我们有意修饰被损害的生活,"他声情并茂,有点哽咽了,"也像我们努力追求并维护的理想!"

真诚的表演者——舞台中间自带聚光灯的教育热爱分子,好心的学生、老师们不愿意破坏气氛,他们也被感动了吧。把真诚用易于被接受的方式表演出来,多么艰难,众人面前的演绎无论怎样都会遮盖底下的真实,这样的惯常推论使无论多么真诚的讲述都好像是刻意的说教。冒着这样被误解的风险展开动情述说,这动情本身就是真诚了。

"装假的艺术。"他羞愧地想,但沉浸其中确实觉得一切发自内心,真的有点不知所措,情绪来得太快、弥漫得太深,已经无法退出了。他停顿着,让自己适应、稳定,等待自己真实的下一句。他拿出所有对教育工作的热情来陈述某个关于"斑纹"的辐射理解,深知自己还没有长大,他所真正面临的那些羞愧、担心、不齿的问题,不是学生此时此刻的为难,而是自己的着急匆忙和不成熟。许多问题他和学生在同一起跑线上,他不敢承认。现在,他成为自己曾质疑的老师、社会的一部分站在台上,同时有另一个他藏身在台下人群里观看,难免会觉得台上的那个在装假扮演——但他情动于中,怎么也摆脱不了对自己的怀疑和嘲笑。

"他在为自己辩解。"似乎有一个声音说。高何对这个神秘的说话人摇摇头,"不,表演是教育的一门艺术,大师是首先骗过自己的人。"他鼓励自己,甩掉脑海里虚无主义的探讨者。

"如果一辈子教高三,这篇课文不变,我会至少教它三十遍,现在我只是把三十年的工作提前来做。"他顺着激动的感情又说出一句,眼睛红了。他的确太想赢了,拯救自己每逢大考必犯冲的人生。但现在,不成功便成仁,这堂课不要也罢。

"最好的好人,都是犯过错误的过来人。"他说。这是莎士比亚的话,感谢自己此时此刻想起它,"记忆的斑纹、情感的斑纹、许许多多抽象的印记构成我们的成长,感谢同学们陪伴老师的第十二遍!"总算又拉回到主题上。

安静片刻后,教室里掌声雷动。威武雄壮的《土耳其进行曲》唱响,下课了。

程序乱了,节奏乱了,事先准备的内容没有上完,为给自己和学生一个回答,他把自己献出去,成为课堂的一部分,没有彩排,一次成型。他感到失望又轻松,"每逢大考必犯冲",这是他第一次不对输赢之事耿耿于怀。

无论结果好坏,对同事们的感谢都要郑重其事地大大表达一番。他们把自己的班级贡献出来给他上课,高三一共十二个班,这一课他们全都没有上,留给他上。因为时间关系,有一个班来不及上了,他答应那个班的语文老师,评奖结束后,把效果最完整的一堂课拿去他们班上,这话说出来,他有点不好意思,好像他替人家上课是给人家发福利了。校语文组大组长听了他四节课,连续给他提出修改意见,高一到高三所有语文老师都来听过他的课,分别给出意见,部分和他年龄差不多的老师拎着凳子过来,说是向他学习——当时虽然嘴上客气地请求对方老师指点,但他心里接受了"学习"一词,他的确有许多他们没有的优点。

从前他怀疑机械工艺制造师的盲目自信,精确的尺寸、标准的加工流程、批量快速生产出的工艺品,有着紧凑效率带来的急促呼吸,而慢时代里古法手工艺品里随意舒展的开阔气度呢?那么,他这堂糟糕的课有舒缓的呼吸吗?他带着学生一起呼吸了吗?

四十分钟的课堂又短又长,结束了。窗外真实的天空尚未大亮,太阳决意蒙蔽自己不想醒来。教室里的掌声和着广播里的土耳其进行曲,行走的音乐使人热血澎湃,学生们齐齐站起来向讲台上的老师鞠躬行礼,老师们鼓掌不息。高何向吵闹音乐中的人群望去,却见他们在黄白灯光交汇处,通体透亮,逐渐融化,而高处明晃晃的耀眼射线则糅和成一潭深不可测的湖光。再一细看,他们是湖泊里移动的光影,晃晃悠悠如醉酒人的影子,再要进一步辨识,他们却消失了,只剩下满眼跃动的光。

　　一切都准备就绪了,板书、PPT、练习讲义、他的精彩随笔展示,可能会乱说话的学生他已经私下沟通过了……他闭着眼睛做最后一遍梳理,在脑海里开始上课。明天的课安排在会议室上,扇形的阶梯教室,四十多个学生后面坐着一百多个专家老师,他别着便携式麦克风,学生回答问题则需要传递话筒,话筒准备了两个,教务处安排了一个上午没有课务的计算机老师拍照、录制视频。

　　第一句话要欢迎来自全市的专家老师们,同学们也一起鼓掌欢迎!不、不,他立刻否定了这个两秒内的细节,虽然鼓掌的画面会比较热烈好看,但是会让课堂一开始就进入表演中,实际上并不有益于真正的教学。新的环境有别于平日的教室,已经让学生们紧张不安,任何强调这堂课特殊性的话语都可能带来不可预期的负面影响。他要保持放松状态,好像这节课不过是十分平常的一节,满屋子人只是意外到来,而他不慌不忙随意发挥。

……

一觉醒来已经是早上五点,他翻身起床,太紧张,现在牙齿和脸都有点疼,软的脸颊硬的牙齿都在发炎。

只睡了两三个小时,一个短短的深度睡眠。睡觉也要讲究效率,这是他的原则。

他已经理好了所有的思路,说服了自己,风暴过后得出铁的规律,不管黑猫白猫,抓到老鼠就是好猫。他拉开窗帘,用扑入眼帘的黑暗洗脸——天还黑着,城市还在大面积的睡眠中,他从人们的沉睡中挤出时间,额外获得的时间让他仿佛占有意外横财一般兴奋而清醒,他连睡梦中都在进步,他想不起细节却记住了经久不息的掌声,还有或许是虚无的光。

"嗯,去赢得胜利吧!"他呐喊了一句。既然眼睛睁开了,那么眼前就是紧张的现实。明天,不,今天已经到来。

监 考

尽管已经工作五年了,小赵老师还是像一个学生。考场上她的威严必须刻意制造出来。

逐一检查考生的桌肚里是否有东西,课本、笔记本、练习卷、橡皮……统统要求拿出来。桌肚里东西太多就有嫌疑。被要求把桌肚里的东西拿出来的学生一声不吭地把东西按要求放置到讲台上,草稿纸必须用她发的,不够用可以举手向老师要,自带的全部上交。

宣布考场纪律,如果有人涉嫌作弊,本次考试作零分处理,并且要上报教导处给纪律处分、通报全校。老生常谈的事情,她还是耐心地再说一遍,一边沉重地说着一边严厉地扫视全场,那几个满脸不在乎的家伙正把她的话当耳旁风,穿牛仔服的那个男生还隔着走道向另一个挤眼睛,全场分布着几个手臂交叉端坐认真听她每一个字的女孩子,也有几个女孩笑嘻嘻地左顾右盼仿佛不是参加一场严肃的考试,而是来结识新朋友的;还有几个趴在桌上一副已经入睡的样子,直到发试卷才勉强动动胳膊。

发完试卷后,她站在教室讲台的台阶上,从最高处环顾全场,目光尽量放出明白一切的智慧,"我把你们看得透透的,放老实点,有我在谁也别想作弊",想让目光透露出这些含义,并被他们准确接收到当然是奢望,但她的神情足够严厉,眉毛压着眼皮,脸上的肌肉纹丝不动,装作见惯了妖魔鬼怪的老道长。

两个半小时的考试,开始的一个半小时学生会忙于做题,后面一小时,不会做的题目逐渐浮出水面,"交流"就会开始了,后一个小时她得一刻不放松地盯着全场。所以从策略上讲,要确保前两个小时的效率,必须在考试前十分钟就把蠢蠢欲动的妖魔鬼怪们彻底镇住。

"妖魔鬼怪"是老师们对喜欢作弊的学生的称呼,小赵老师不喜欢这个词语,脑海里出现这个词时会不自觉地用"调皮捣蛋"替换。监考这活儿让人讨厌,严密的监视首先是建立在对学生不信任基础上的,严密的程度与不信任的程度成正比。她表情坚定而内心动摇着,每一个学生都可能作弊的有罪推论让她感到自己是在犯罪,教育的爱与信任去了哪里?是什么促使我们把天真可爱的学生当成罪犯防范?她更愿意相信绝大多数作弊是无意的偶然获得,而人性的贪婪与怀抱的侥幸心理使后者没有放弃。譬如因老师的疏忽创造了他们获取别人答案的机会,他们趁机占有。所以,她要做的是关上机会之门,而不是把他们当贼防。概念的微妙置换让小赵老师稍稍感到轻松。

她只要想到那些认真老实的孩子被老师盯着当作贼的感觉,就替他们感到委屈。

学生们乖乖地低头写试卷,十分钟、二十分钟……考场里只有笔在纸上划过的"沙沙"声。即便真想作弊的人也要先把会做的题目做掉,沉浸在思考中的时候,所有人的念头是统一的:答案、奔向答案的步骤,教室里的空气干净得毫无杂念。

她有充分的时间,在埋头的四十张面孔里逐一辨别、认识。有几个年级有名的好学生,做题目的独立性很强,快速读题、利落下笔,一题接着一题往下赶;大部分学生,做题速度中等或略慢一些,几乎每一题都会遇到一些小小的障碍,紧锁眉头、冥思苦想,但还好能顺利地一题一题往下做;还有一些困难户,遇到的障碍多一些,抓耳挠腮、信心不足,犹豫着把卷面涂满吧,希望能遇到好心的批卷老师;还有个别连碰运气的想法也放弃的,早早地趴在桌上发呆——这里面也分两种,一种是光明磊落地做"差生",考不出就考不出,大不了挨顿骂;一种则趴在桌上花样百出,等天上掉答案。

从状态看家庭吧,眼皮子底下这个小姑娘,坐姿挺拔、大眼睛凝神,无论会还是不会,都毫不含糊地认真思考,圆润的脸蛋、鼓鼓的腮帮、马尾辫粗粗一把扎在后脑勺上,红色针织外套,里面翻出一个白色小方领,真是美得健康,小姑娘也许知道老师在看她,但她毫不忸怩,坦然地被欣赏者观看,这种孩子百分之八十出自知识分子家庭,家境良好,没有吃过物质的苦,也未被骄纵对待,有源自血液内部的传统审美和独立精神。角落里那个小姑娘,则是另一种情况,虽然漂亮,腰杆子却坐不直,趴在试卷上,思考时愁容满面,屁股左右扭动传递着她的不安,衣服是新的、时下流行的款式,但是有种懊丧的情绪主宰了衣服的灵魂,使穿着者看起来干瘪不自信,也许她的父母在十多年的照顾中,让她处在被丢弃的位置上,她的背后是一个只忙碌于挣钱的家庭吗?

小赵老师去年生了一个女儿,可爱的小天使,遗传了她和他的所有优点,他是双眼皮大眼睛,她是单眼皮小眼睛,女儿遗传了他的双眼皮大眼睛,遗传了她温柔的眼神;她皮肤白他皮肤黑,女儿白;他头发茂盛乌黑,她头发细软,女儿头发乌黑茂盛;她方脸钝下巴,他长脸尖下巴,女儿婴儿肥的小脸蛋已经能看出瓜子脸的影子……她挑了他俩的优点,所有看过他们女儿的人都惊呼这孩子太会长了,这么聪明的组合,像极了她的父母,可明显更超越他俩。她忍不住看人群里的学生,这样的学生和那样的学生,他们从前呱呱落地时曾是怎样的婴儿?给家里带来多大的欢喜,他们经历了怎样的世界才逐渐变成现在眼前的男孩儿、女孩儿?无论怎样,她相信给孩子足够的时间和信任,他们能长成出发时想要的样子。

张咪咪悄悄地观察老师,小赵老师的眼睛在故作深沉,半小时后眉宇间的警惕在消失,她舒展开的表情里露出温和而迷惘的东西,这种东西张咪咪知道,就是老师不知道抓谁的眼神,这个考场里老师还没能有效锁定目标,没有发现想要作弊、擅长作弊的人,没有区分开趁机作弊和主动作弊分子的人员分布,没有发现作弊一直在进行中的蛛丝马迹。老师们总是喜欢装腔作势、自以为是,把自己当大神呢,兵来将挡水来土掩,年级里每个监考老师有几把刷子,他们早就摸得透透的。

张咪咪低头做试卷,用头顶的直觉感应老师的目光,擦橡皮时用力了一点,试卷的右下页被蹭挪到垂在桌沿上,右下页上有三道选择题。她已经轮番把前面的选择题向后面的阿潘展示过了,她也可以一下把五道或十道选择题用铅笔写在试卷边沿上,等阿潘看完再擦掉,但是那样太危险,她今天的位置在讲台下面第一张,老师眼皮底下,万一被抓到人赃并获,那样的事情她从来不做,她的成绩还不错,班级前五名,犯不上因为给别人提供答案而铤而走险。而且做一道展示一道,既作弊无形,也延长了阿潘对她的感激。安全是第一效率,她选择有难度的方法。考试前阿潘来找她,"咪咪姐,我们校对一下呗。"阿潘是高一七班的数学课代表,年级排名在第五十到一百之间,数学、物理、化学是他的强项;张咪咪是高一五班的英语课代表,阿潘的语文和英语都不如张咪咪。"考数学,给点参考啊!"咪咪姐回答阿潘。"那是必须的,咪咪姐你发话!"成交,作为小学、初中的老同学,有缘进入同一所高中,分班并不能分开他俩的情谊。

张咪咪听到后面橡皮敲桌面的声音,软软轻轻的两下——没有事先的约定,谁都不会注意细听——阿潘看好了。只要阿潘及时看到她垂下的试卷,三道选择题一秒钟便可尽收眼底，也就是慢动作一个停顿的时间。张咪咪把试卷翻过来，开始做文字题了。从小学开始，阿潘就"咪咪姐"长"咪咪姐"短的，他俩小学一到四年级做过同桌，后来张咪咪个子越长越高，坐到了班级后排，阿潘个子矮一直坐在前排，他俩才分开，初中他们进了同一个班级，又做了几次同桌，初三时他们俩开玩笑定娃娃亲，说后代还要继续交往。

阿潘只是校对一下，张咪咪英语好，她的答案相当于标准答案，今天自己状态不错，只有两道题目和张咪咪的答案不一样，阿潘反复看了题目，一道决定坚持自己的答案，一道改用咪咪的答案。阿潘知道自己的不足，也知道自己的优点，他不会被作弊得来的分数蒙蔽，虽然他急需高分。

李同坐在阿潘后面，伸长的大长腿几乎要踢到阿潘的椅子了，他观察着老师，她正认真地看着教室右后方的某个人。他穿着轻软运动鞋的大长腿往里收一下，鞋帮敲在阿潘的椅子上。阿潘是他的好哥们，虽然不在一个班级，可是每周两次打篮球，他俩是好搭档。临考前一天公布的开场分配，他们俩在走廊里遇到时顺便约好了"帮帮忙"，一千多人，随机出现在同一个考场里，还前后左右相连着，这是缘分呐！阿潘成绩好，李同家境好，节假日出去玩，李同带上阿潘,去游戏厅酒吧消费一下几千,从来都是李同出钱。阿潘成绩好,李同服气,人家有那个本事,把数字、文字都玩转了,而他只能拜倒在那些题目下,有些题目想读明白都费大劲啦,他妈说他把聪明全用在玩上了。

阿潘是勤学苦读型,从初中开始年年拿特困生补助,他们居委会的王主任上任几年,每年发给他一笔"优学奖",奖给辖区内困难家庭里成绩能考到班级前十名的优秀孩子,期末拿考试成绩单和排名说话。阿潘因为家庭的原因,从小就知道任何事情都得靠自己,他和什么人都能玩得好,除了他为人仗义,还有一个重要原因就是他成绩好。成绩好,得到的各种表扬和帮助让他建立了在班级里的地位,也大大减轻了家庭给予他的痛苦。譬如他和李同就是互补的,学习是他的骄傲之源,李同则学什么都痛苦不堪,后来李同不知道从哪里看来一句"不能加以利用的知识是有害的",这句话鼓励他乐观潇洒地面对成绩差的现状,"看不懂还学什么?"他做得苦闷便一甩作业本跑到隔壁班喊埋头钻研作业的阿潘一起出去走走。"阿潘走!"李同自己成绩不好,特别佩服阿潘,每次打完球去学校小店拿饮料都是李同付钱,真心实意拿他当哥们。

阿潘从笔袋里拿出一张"心心相印"的餐巾纸,雪白的一小块。趁老师站在教室最后一排,把几十个选择题写在餐巾纸中间,短短小小的两行数字,写完迅速按原来的印子折叠好,放在桌上——刚从包装袋里拿出来的样子。等小赵老师巡视到班级前面,站在隔壁一个走道中间,低头看一个学生的试卷,他左手伸到背后去挠痒痒,背贴着后桌,夹在指间的餐巾纸就送给李同了。传递餐巾纸的最大风险在于传和接的瞬间,逮个正着就难办了,当然所有作弊都怕逮个正着。李同拿到餐巾纸大方地放在桌上——此时这块餐巾纸就是他的了,谁也不能说这不是他的。桌上有试卷、草稿纸、笔袋和一张餐巾纸,很干净。考试还有近一个小时呢,他有充足的时间悄悄地把答案从餐巾纸上挪到试卷上。

学习委员去老师办公室交作业,在老师办公桌上拍回来一张监考表,全校一千多个学生打乱了分在二十多个考场,监考表上标明了每一场考试监考老师的名字,这一场是小赵老师监考。李同对小赵老师不了解,没听过她的课,可是知道她去年生了一个女儿——哺乳期的老师挺着大胸脯在走廊里走,经过一排六个教室。听她教过的学生说,她人傻脾气好,对耍无赖卖苦相的同学容易心软。李同看不起耍无赖的人,但是必要时候卖萌装傻他也会,没办法混个成绩么,免得结果太难看。他那开公司的妈妈经常说:"妈只要你能考上个大学就行,毕业出来我办个公司送你,你看你爸名牌大学毕业,整天办公室坐着,有什么用,为家里赚了几个钱?"但还是得考上大学呀,成绩差得连大学都考不上,还是得遭爸爸妈妈轮番唠叨。

为了防止作弊,每次统一考试,学校都会把全年级学生一起打乱了重新分配考场,譬如眼前这四十个孩子,是十八个班级一千多人的随机组合,互不相识,这算做到极致的周全了吧?小赵老师靠在教室一侧的窗边想。

"本场考试还有一个小时。"她用一种客观冷静(以便制造一种权威的距离感)的声音宣布时间,提醒那些做得太慢、太专注忘了时间的同学。这是她自己添加的环节,教室后墙上挂着一个钟,出于避嫌的考虑,很少有学生回头去看——确实不方便。这场考试的量很大,快的学生做完所有题目可能还够检查一遍,慢的学生做不完都有可能。她体谅他们,谁不是从学生走过来的?

她的监考策略主要是站在教室讲台上俯视所有学生,眼睛扫描所有角落,谁专心安心做题目,谁一看就是心思太活络,人在高处,能把底下情况尽收眼底;部分时间站在教室后面观看他们的书桌、后脑勺、藏在底下的小动作——谁在抖腿,谁把椅子坐得斜过来,谁的试卷没放好使得后面的考生可以看到,谁和谁有动作的呼应,这时候她可以略微放松一下,片刻望着前方黑板上自己的粉笔字发呆,想想家里牙牙学语的小女儿,没有人会观察到老师的疲惫,她会左右脚轮换站立,分配一下久站的酸疼,她会像猫一样悄无声息地挪动,猛地站在某个左顾右盼的学生身边,问题严重的时候她会敲敲桌子,使他警醒,告诉他她一直严守着漏洞;部分时间她在三排走道里来回巡视,反复地、逐一地经过每一个学生身边,近距离看他写了什么、写到哪里、钢笔橡皮直尺杂乱的笔袋、来不及梳洗的头发上的头皮屑、手指上的耀眼小戒指——这是校规不允许戴的。走到第三遍时,她从试卷姓名处大约看到了班级里学生的构成,十八个班级,每个班级都有几个同学,但彼此都分开了,横竖线上隔着人。排考务的老师真是考虑周到,二十多个考场都这样排,也是费尽脑筋了。即便难得有同一个班的学生相连,他们也未必是同一路的学生,一个内向、胆小或正直的女生不会与一个有点痞气的男生在陌生的考场里忽然联系上,彼此没有沟通、深入的了解,怎么可能合作作弊这件事?对于教学教育她是有信仰的,对于学生她是有信任的。

她现在靠在窗户边。这是一个位于教学楼四楼的教室,窗户外是方形教学楼的天井,种着许多植物,樱花前一阵轰轰烈烈地开过,现在蓊郁的树叶间挂着细小的果子,枇杷树虽然开花不声不响,成果却是不凡,举着满枝丫的青果串串。往远处能看到学校的钟楼,上面的大钟年久失修,比正常时间慢了十分钟,因为技术的原因,这个用了十多年的大钟没法修了,要么换新的,换新的费用很高,学校一直犹豫不决。钟楼虽在校园一角,却高高矗立在整个片区最显眼的位置上,从前她骑车上班时远远望着钟楼计算时间。等她产假回来上班,上了几次当,才发现钟上的时间已经不准了。她把这个变化告诉同事,同事们都很惊讶她竟然一直看钟楼上的时间,"谁看那个,自己不是有表吗?""我表上的时间调得比正常时间快十分钟,防止迟到!"一个和她要好的同事告诉她秘诀,这个同事一直处在追求更高效率的焦虑中,害怕迟到、害怕耽误、害怕正常的时间会拖她后腿。

她把窗子拉开一线,初夏的清风吹在身上,紧张的大脑舒服了一点,看一眼远处马路上的行人,走在各自的方向上,也不知道里面有多少人和她一样相信一口对外宣告时间的大钟。真正的时间在哪里,疾步匆匆追上的十分钟在稳定不变的一天二十四小时里,诞生了什么还是毁灭了什么?

自从生了孩子,她发现自己越来越不能适应学校的快节奏和高要求,除了每天正常的四节课,上午六点二十的早读课,中午十二点半的午间课,晚上九点半的晚自修,她带两个班,坚持给孩子喂奶一年,这简直是拼了老命,班主任她是无论如何做不了。家里即便请了阿姨带孩子,她还是不放心,无论是交流还是照顾,阿姨怎么能有妈妈好呢?

最近听说学校为了解放老师、确保学生安全、有效提高教学质量,计划在教室里安装监控系统了。同事们说计划安装的这款监控软件是目前市场上最新的,有人脸识别功能、强大的计算统计功能,它不仅可以把扫描到的人脸与事先录入系统的信息进行比对,显示人脸的基本信息,还可以对陌生人脸进行储存、比对待用,下次陌生人脸出现,它能自动提醒上次出现的时间、地点,以便调取对应录像查看;更厉害的是,它能统计相同人脸出现在学校的具体时间、地点、次数,譬如食堂出现两次、宿舍出现三次、某班教室门口出现五次等;最绝的是可以对学生阅读、做作业、举手、书写、起立、听讲、打哈欠、吵架、睡觉、愤怒、哈哈大笑、跳跃等行为进行动态监控,每二十秒进行一次全景扫描,把采集到的数据进行统计,譬如谁在课堂上哈哈大笑几次、打哈欠几次、举手几次、愤怒几次,然后转换分析推断学生的上课状态,从而真正实现老师全面了解学生,学生独处谨慎自律,考场无人监考零作弊。

她不知道学校要装的监控是否确定是传说中的这个最新款,是不是零死角全覆盖安装,囊括教室、办公室、校门口、宿舍门口、厕所门口、停车场、操场、食堂、小花园、池塘亭台所有公共场所及私人空间。那真是解放了老师,将来监考老师电脑前都不需要坐着了,只要中途查看一下软件自动统计出的数据,或者如果想知道某个学生一天的行踪,可以人脸定位统计出线路、每次停留时间、查看心情状态,小赵老师感到有些忧伤,为全能的监视系统。眼前的学生多好,她看着他们的一举一动,尝试了解他们的想法(他们保留了自己的秘密),提醒他们调整自己的状态,他们在变化中靠近满意的自己,真实又温暖。

小赵老师一边想一边看着静悄悄的教室,后门之前是开着的,半个小时前她曾在打开的后门上靠了一会儿,但是现在后门不知道被谁关了。她轻轻地走过去,站在关了的后门边上,用学生的目光环顾四周、思考关门发生的现场。后门开着,巡考的校长、年级组长、考场巡视员可能会站在后门口,受到直接监视威胁的就是坐在后门口附近的学生了。最靠门口的那个学生是小赵老师自己班的学生章磊,粗壮的个子,宽宽的肩膀和脑门,成绩一般,为人磊落。她看了看他的桌子,除了试卷没有复杂的东西,他正全神贯注地写字,浑然不知发生了什么。章磊前面是一个小个子女生,干瘦尚未发育的样子,戴一副很厚的眼镜,老实勤恳、愁眉不展地在思考,看起来也不会有问题。章磊左边是一个男生,身材只有章磊的一半宽,脸蛋长细,他一边做题一边嚼口香糖,估计不会是成绩很优秀的学生——就冲他那不停抖动的左脚看,精力全被抖没了,但也不能说他有作弊嫌疑,长着一张坏孩子的脸本身就是一件倒霉事嘛!谁关的门,为什么关?她一开始就告知了考场纪律,有事情譬如借橡皮直尺、上厕所、要草稿纸都要举手示意,当然没有说到关门的事,因为没想到。她把门打开,一阵穿堂风悄悄地灌进教室,把后门边几个学生的试卷吹得微微震动,她好像明白了原因,大约是自己只顾规则,疏忽了风跑进了教室。后门开了一会儿,并没有人举手提出关门,她原本打算如果有人提出关门,她便关上。她把门开着,表明她关注着教室的一举一动,表明她作为本场监考老师的最高决定权,谁都不能私自做主改变(说好举手的),表明她要把教室里可能存在的任何作弊的念头都打消。

她脑袋里忽然闪过高维维老师向校门口监视器微笑敬

礼的画面,那天高维维老师参加同学聚会回来,心情很好,经过校门口时忽然停下来,正面对着监视器微笑敬礼喊"校长好",喊了好几声,同行的几个老师都被高老师认真的样子逗笑了,说:"你拍马屁,校长看不见、听不见,监视器链接的电脑不在校长办公室,而且这个监视器是无声的。"高维维老师故作诚恳地说:"那也得敬礼问好,万一校长查看不就看到了么?"等以后每个教室都装了监视器,学生们会不会进教室第一件事就是对着摄像头敬礼?小赵老师想想觉得好笑。

谁关的门,实际上她并不关心。

谭弓左手撑着脑袋发呆,眼睛却紧紧盯着隔排走道第三个座位上的同学,这个同学他不认识,但是认识他的动作,左手四个手指有规律地变化着,一、三、二、一、四……不知道在向谁发信号,按照通常规律一对应A、二对应B、三对应C、四对应D。不知道他什么时候开始的,展示到哪一题了,要不然正好可以验证一下自己的答案。他把对方展示的数字记在草稿纸上,如果大家都做得接近标准答案,应该能发现是哪些题目,毕竟ABCD的组合千变万化,能有一组两组相同就能基本定位。这位同学用左手放在左大腿外侧做动作,和他接应的人应该在他的左侧后面,他在第三个位置,一排八个人,他的左侧只有一排,就是自己这一排,自己是最后一个。谭弓往前看,前面三四个人谁在和这位同学接应,居然没有一个人在看他的手——所有人都埋头在写字。难道他在玩手指舞?在耍弄老师,故意用偷偷摸摸的作弊动作逗引老师发现,而他实际上并没有作弊?在调戏考场里的其他同学?

谭弓把数字转换成字母选择项,与自己的答案核对了一下,没有连续两个是一样的。真是被耍了。他想,虽然对自己的答案不是完全有把握,可是这个同学给的又是什么?他正准备擦掉草稿纸上的数字,忽然发现监考老师站在自己身边。她认真地看着草稿纸上的一排数字,伸手过来把草稿纸拿走了。谭弓忐忑不安,"不不不,我没有作弊。"他心里喊着,他只是一个有趣事件的发现者。

小赵老师一声不吭,没有惊动周围任何人,把他的草稿纸收起来,换了一张新草稿纸给他。她研究这串数字,毫无规律,13422314……如果他说只是随手乱写,在玩数字游戏她也无法辩驳,这不是作弊的证据(如果一定要追究,那么把他带到班主任那里或者教导处,由他们来追根问底、寻找细节,但这太隆重,无论是不是作弊对学生造成的伤害都太大了),这串数字的出现只能说明他分心了,做考试之外的事情,不符合考场认真做题的要求。她核对了谭弓试卷上的名字,把班级名字写在草稿纸上——她自己知道这只是一个警告性的举动,告诉谭弓不要轻举妄动,她已经知道他是谁了,哪个班的。

考试接近尾声,小赵老师带来的试卷还没有开始做。她带了一沓试卷来教室,准备考场情况不错就做试卷备课,学生明天一考完就正式上课,批考卷、备课、班级情况分析都要抽空完成,这都是时效性很强的活儿,白天不做完,只能晚上加班做,如果能利用监考的大段时间完成一点会轻松一些。但是,小赵老师太认真,完美主义,生怕稍有分心会耽误监考,"必须把监考的事情认真做好,其他的事情次之。"她想。

她没收了一只矿泉水瓶,撕开瓶子上围着一圈的广告纸,里面写着密密麻麻的知识点,瓶子竖直放置时刚好看不见里面的秘密。她校对了这个学生的试卷,发现学生还没来得及偷看,或者说押题不中,没能用上。她没收了一团废胶带,考场里好多学生用胶带代替橡皮,用胶带的黏性撕去错误答案,这样方便快速,这位同学用废的胶带已经滚成了一个球,拿在手里一边玩一边写,胶带上沾着的答案不知道是修改掉的错误,还是事先准备的小抄,或是准备通过借胶带传递的"情报",反正写得太整齐、撕得太完整,很是可疑,她发现后索性连胶带一起没收了,从讲台上的粉笔盒里找了一块橡皮给他。她截住了一个没有举手经过她同意,私自给后面传橡皮的学生,她拿过橡皮,看了前面学生的手,只有橡皮没有别的,又把橡皮在手里翻了个身,橡皮上没有写字,她把橡皮交给后桌学生,等他用完再交还给前桌同学。

小赵老师愿意自己只是一个多疑的老师,所有学生可能"作弊"的恶意都只是错觉,她能想象这些被没收了东西、被监视的学生中可能有一些是被误会了,怀着委屈。百分之百精准,她无法做到,她的猜测让自己感到过意不去,她正用"宁可错杀一千,也不放过一个"的理念去严肃纪律。这是必需的冷酷。但她总有一只眼睛能看到学生的心里去,看到他们的委屈、天真、无辜和无奈,觉得他们不仅是活生生的人,而且还只是孩子,来自不同的家庭,身后有不同的父母不同的期盼。也许只有监视器才能实现真正的"天眼":出于极强的防备心和自我保护,监视器下的人们在行动的易被误解层面会预留出一块绝对干净的区域,不让受命于机械数据的软件发生错觉而得出相反的结论,他们将会严格控制自己的表情动作,而不是如同现在这般自由。

她注意到有一位同学总是拿着餐巾纸,又不擦鼻子擦嘴。餐巾纸干干净净的,像是他认真思考时必须把玩的小物件,有个动作的寄托(就像她自己,看书的时候喜欢手里转笔,纯粹手痒)。她走过去,站在这位同学身后,看他捏着餐巾纸玩,手痒玩东西算是考试不认真吧,但若餐巾纸里有东西那就是作弊。他没有发现老师站在身后,轻轻地掀开餐巾纸一角。她伸头去看,他打开餐巾纸的样子有点不正常,眼神似乎关注餐巾纸里面,餐巾纸掀开的一瞬间,她伸手去拿,"把纸给我!"她责令。她还是理想主义,先礼后兵地对待一个疑似作弊的细节,如果不先出声,不先发出收缴通知而是直接夺取,她应该已经把东西拿到手。

学生看着她,很认真、很无辜、很迷糊——这就是她一直以为的那种孩子的委屈——好像没有听懂她的意思,在她发出第二次号令前,他不紧不慢不留余地地把餐巾纸按在鼻子上,"嗤噗嗤",他狠狠地擤鼻涕,对折一下后,又"咳咳咳",喉咙滚动起来,果断地朝里面吐了一口痰,再对折成一个小团,放在桌角上。他得意地装作并不知道老师意图的样子,把弄脏的餐巾纸放在桌角上,"就在这里,你可以来检查。"那团湿软的餐巾纸好像在说它完成了使命。"老师,您说什么?"他礼貌地问老师,仿佛清嗓子擤鼻涕是为了隆重迎接老师。

她的心有点疼,这场景说不清是谁愚弄了谁。他们的喜怒哀乐被叫作"成绩"的东西改造推动着,追求高效使他们不能等待自己,"凡有的还要加给他叫他多余,没有的,连他所有的也要夺过来",他们被分数盘剥,被所谓的社会适应性盘剥,他们变成开挖自己、干掉自己的工具。考试铃响了,小赵老师忍住心痛,宣布停笔,不能再写,也不能趁机说话。她井然有序地组织交考卷、草稿纸,教室里静悄悄的,没有谁注意到一场监考中小赵老师的憔悴(她正忙着整理,她规定在她把试卷、草稿纸整理好之前,学生必须在原位上坐着),然而许多事情正在静悄悄中发生着,张咪咪、阿潘从各自的紧张中出来,松了一口气,他们对这次考试就像对他们的人生一样有把握,在交换答案中获得的友情秘密而坚固;李同趴在桌上,虽然这场已经搞定了,但他并不感到开心,出了点意外,他用擦鼻涕吐痰的方式结束考试,小赵老师正压制着气愤和委屈在忙碌着,使老师不开心他也会不开心,但他没有办法,而下午还有另一场让他苦恼的考试等着他;谭弓紧张地看小赵老师忙碌,他准备考场一结束就溜走,管他呢,总不至于把他那张草稿纸交给班主任吧(那个麻烦的老头问起来没完没了),但……管他呢!后门边上几个学生里的谁（或许根本不是门边那几个）趁小赵老师不注意，再次把后门关上了，像一个不服气的宣誓，抗议个人意志被纪律压制。

小赵老师把一切都整理好、清点完毕，宣布大家可以离开考场。学生们从座位上站起来，他们和小赵老师一般高，面孔和小赵老师一样成熟，或者说小赵老师的脸看起来还有学生气，他们谈论着试卷上的题目，像流水越过石头一样，从小赵老师身边滑过去。小赵老师呆呆地站了一会儿，让学生们先走，然后深吸一口气鼓起勇气走出教室，她得把试卷交到考务中心，然后赶回家照顾自己的宝贝。下午还有一场监考等着她。学校把时间排满了，把考试尽快赶完，能尽快赶新课，这学期计划提前一个月把新课结束，留足一个月用来复习做题。

学校钟楼上的时间还在十分钟前——当时四楼某个教室里有一对师生正关注着同一张餐巾纸，未来的情况还有变化的可能。

意　外

"彭思琦",他翻开花名册熟悉新一批学生的名字,看到这个名字时手指在上面停顿了一下,有点熟悉。他教过的孩子有好大一拨叫思琪、诗琦,都快混到一起了。继续往下看,果然又遇到几个与记忆同名的,张锋、邵峰、李峰。

第二天点名时,他把所有学生都点起来自我介绍,轮到彭思琦,她别别扭扭地站到讲台上,眼睛一直看着讲台上的粉笔盒轻声说话。他听见她说她是市二中毕业的,业余爱好画画。他昨天翻看过所有学生的成绩册,彭思琦的成绩在本班中下游,成绩与这样轻声说话的姿态结合,他观察到她的自卑。她长得挺漂亮的,特别是她的眼睛,可以用"好看"两个字形容,如果她能挺起胸膛,放大嗓门介绍自己,即便成绩不好,也完全可以是另一副吸引人的模样。她语词含糊地一讲完,窝着胸猫腰迅速地溜回座位上,像一只逃跑的老鼠。

以后的课上他都特别注意她,她上课会走神,似听非听,课间也不像别的女同学喜欢挤到一堆讲悄悄话,她好看的眼睛里闪烁着忧伤的光。因为成绩不好吗?失恋了吗?和父母吵架了?她这样的年龄,十六岁,那么多忧愁是为了什么?他仔细观察她,有时,当她的眼睛不小心与观察者眼睛相遇,她迅速地把目光往回一缩,躲了过去,而他则装作什么都没有看见。那忧伤也许只是不苟言笑的表情和大眼睛里的蓝色水光结合在一起给人的错觉,他希望她并不如他所猜测的那样。

直到有一天他看到她把脑袋埋在交叉的双臂间,抬起头来时双眼通红——显然哭过了,无缘无故的。他认为有必要联系孩子的家长,他找出家长信息,按照孩子填写的电话拨打过去,他听到彭思琦母亲的声音时又回想起某种熟悉的东西,但他未等熟悉的感觉从沉睡的记忆里露出真面目,就自报家门说是彭思琦的班主任,约她母亲到学校来一趟。

尽管毫无预料,双方十多年没有见面了,他们还是一下子认出了对方,她改了名字,家长信息里的母亲并不是从前的"吴小妮"。不可思议的是,他们竟能在这种情况下毫无尴尬地面对面,她像所有第一次面见老师的家长一样,礼貌而小心地坐在他为她挪来的陌生椅子上,她的膝盖离他的膝盖不足半米,好像在促膝谈心。对了,"彭思琦",当年他们分手时,她的孩子大约四五岁,就叫这个名字,他曾经抱着洋娃娃一般大小的彭思琦让她骑在自己脖子上,"驾驾驾",彭思琦"咯咯咯"地笑着,把他当马一样吆喝,他则装作一匹听话的马"得得得"飞跑起来,引得她尖叫着又"咯咯咯"笑着紧紧搂住他的脑袋。

他稳住自己,迎着她进攻式的大眼睛看过去,她的目光很有分寸,但似乎因为这意外的相见,在压住慌乱后带着一些情绪的火焰。他礼貌地看着她,并悄悄打量她,这么多年过去了,虽然她的眼角出现了淡淡的鱼尾纹,但还是那么好看。他想知道分手后那些年她过得怎么样,还在画画吗?开一家画廊的梦想实现了吗?

但是办公室里安静备课的其他老师们,每个人都有一双听八方的雷达耳和一个精于分析的大脑——语文老师做阅读理解题最擅长字斟句酌,即便他们埋头忙碌于书本,有些故事只要吐露一两个词语,就足够引爆想象了。

"孩子学习不积极,成绩保持在中下,课间总是一个人,要么发呆要么趴着,入学一个月她还没有建立正常的朋友社交。"他简明扼要地、语速缓慢平稳地把学校所见的孩子情况告诉她,提醒妈妈对孩子的心理问题要多加关注,仿佛这是他几十年教学生涯中遇到的最普通不过的一个孩子,他的操心不过是出于教师的职业道德。而内心里他急于知道发生了什么,当年彭思琦骑在他脖子上"咯咯咯"笑着,多么开心。

他们回避着互相最想探寻的问题,他听到她就事论事、绝不把问题做枝节延伸的回答。彭思琦小学毕业升初中时成绩曾是年级第一,她画得过很多全国大奖,现在作业越做越慢,总是很劳累,似乎并不把成绩放在心上,她的心思在哪里?什么时候开始的?吴小妮不知道,过去仿佛是一个深渊,她一副不愿意回去看看的样子,只在最安全的地带轻轻扫出些灰尘,供他做蛛丝马迹的推测。当年她可不是这样一个母亲,那时她关心小彭思琦的每一个细节,她第一次抓起画笔在她的画板上涂抹了一下,做母亲的说尽好听的话鼓励彭思琦画第二下,她唱的第一个音,她喊的第一个人,她奔跑时碰到的第一块石头。那时他们每次见面,她都会滔滔不绝地讲彭思琦的进步,好像他俩冒着风险约在一起,就是为了听她讲女儿。

他已经教了三十五年书,见过无数家长,有些家长唯老师是从——"老师您说得对,您只管打只管骂"——他们把家长实施惩罚的最大权力交给他;有的捍卫孩子任何缺点,与他激烈争吵,拍桌子、砸东西,多年前曾有一个爸爸砸弯了他办公室窗户外的不锈钢防护栏;有的拎着鸡蛋鸭蛋,谦卑地放在他脚下,错以为他喊他们来是有所求;有的高高在上像是来对他发号施令,坐在他对面的椅子上从政府的各项最新规划说起,根本不把孩子某天在学校里与人争斗的事情放在心上;有的把他当作好不容易找到的倾诉对象,唠唠叨叨地吐露各种生活细节,不给他插嘴讲话的机会,也不肯结束;有的干脆开门见山地说只有十分钟谈话时间,等不得他讲完便匆匆离开去忙重要业务;有的肚子里的教育理论比他还多,他说的每一句话,家长都会从教育理论角度进行分析;有的蛮横霸道不停数落学校的不是,对教育制度极其不满;有的谨小慎微不敢说话,怕自己哪句话不小心得罪老师;还有的家长给他的谈话录音,向校长投诉他唯成绩论,给学生归类……男男女女他都一一应付过来。眼前这一个却让他心慌,他摸不准用哪个词说话好,能不能问她现在从事什么职业,孩子父亲对孩子的关心情况,家庭对孩子教育的分工是怎样的,平时家中孩子谁陪伴得多一些,老人帮忙照顾吗？

他不敢问，预估不好她接到问题后的反应，眼前她毕恭毕敬地坐着，配合他演一对陌生人（的确陌生，他已经是一个中年胖子，他自嘲地想），但如果她当年的小辣椒脾气还在，突然反问他，他该怎么向办公室里安静的耳朵们解释。"我是你什么人？"一如当年她这么兴师问罪。"最爱的人，要爱一辈子。"他曾搂着她、深情看她、痴痴吻她，花好长时间把她的疑虑和怒气熄灭。在诸多克制后，场面显得有点过于冷淡，问答之间过久的停顿，而问出的不过是些简单的问题，这不是他平时的风格，他觉得这种怪异已经是另一种信号，敏感的同事会发现，他待她仿佛欲言又止。他又劝自己放松，实际上在别人看来，他只不过有点心不在焉。他想着，把书本翻开，假装要从里面找一份资料，"彭思琦的默写本呢？"他甚至虚构出一个仿佛早有准备要谈一谈的默写本来，他干脆拉开抽屉、在桌子上一沓作业里慢慢翻，"我记得放在这里了呀！"他自言自语，来度过自己最初的慌乱。她看着他，面带嘲讽的谦虚微笑，看他从一堆本子里翻找一个虚构出来的"默写本"，"她默写怎么啦，很差吗？"她问，配合他的寻找。"她的默写一直还不错，从小我督促她背了很多东西。"她补充一句。

"哦,想起来,默写本发下去了。"他说,从那沓作业里抽出一本本子,"她的随笔,我建议你看看。"他把它推到她面前。

"孩子的心理问题确实是存在的,随笔虽然已经经过压抑的掩藏,无法看到具体事件,但是灰暗的色调,孤独的另一个世界,始终第一人称的自言自语式表达,这些都说明问题,也都和她平日的诸多表现吻合。"他手指着彭思琦的文句,给她分析,"随笔当然是用来练习文笔的,但作为最不受限制的表达样式,最能反映真实的内心。"为了显示他判断的合理性,他拿出另外几个女孩的随笔,翻开给她看——上面他画满了红色波浪线,都是精彩的语言、青春逼人的自信和梦想。

"彭思琦很聪明,她的想象力是非常丰富的,"作为对家长的鼓励,他又分析了孩子孤独语言中的修辞方式、文章的结构,"要注意引导,弄清楚孩子是不是有压力,有什么秘密,经历了什么?"他替家长分析。

他们第一次相遇是在一个共同朋友的婚礼上,朋友们拍合影,认识的不认识的人都挤进一张照片里。因为朋友的缘故,后来他们又有几次机会相聚,他们彼此注意到对方,靠在他身边的女孩就是她。"你怎么总是看美女?"渐渐熟悉的朋友的朋友们起哄,他害羞得一时不知道怎么反驳,把"总看美女"的罪名承认下来后,这倒像是一种鼓励,他控制不住地想再看她一眼。

她相貌古典,乌黑浓密的长直发拖到腰部,腰肢小小一握,藏在浅色针织衫里,她爱穿裙子,像一把亭亭玉立的小伞。母亲有一次在他的写字桌上看到压在玻璃下面的那张婚礼合影,逐一细看了挤在里面的几十张脸后,指着被挤在他身边的她说:"这个女孩看起来和你蛮配的。"母亲不是爱开玩笑的人,说得很认真。那天苏莉莉不在家,她这样说大约既是出于当时的真实判断,也是表达对妻子专制的不满和宣扬某种自由。母亲知道他和妻子经常冷战,因为母亲没有太多照顾孙子等种种缘故,但母亲不知道那段时间他们已经把离婚频繁挂在嘴上,不然她不会火上浇油。母亲每一次来他们家住上一段时间,妻子就要把母亲不带孙子的种种往事搬出来,要他赶母亲走,更让人难以接受的是,她把对母亲的不满编成故事讲给儿子听。

苏莉莉曾经也是对生活有精致追求的小姑娘,她的明媚泼辣粗线条,互补了他的细腻软弱中规中矩。她有在刚认识的一群人中迅速打开交际圈的能力,她的泼辣给她的事业带来了成功,她刚从乡下调进城里时,新领导小看了当时还有点瘦弱的"乡下女人",用调侃的语气说起不愿意使用女员工的原因,"结婚、生孩子、产假、喂奶、大姨妈、带孩子,总之是一大堆麻烦事。"他轻慢地说。她立刻反唇相讥,使新领导在众多其他领导面前毫无招架之力。他享受她的强悍带来的便利,也逐渐认识到她的力量绝非结婚前所看到的那么一点点,青橘子逐渐长成大柚子,当她的事业因为绝对的自信而越来越畅通无阻时,她的脾气在他的亲人身上发挥到了极致。她什么粗俗庸俗的话都能毫无顾忌地说出来,成为人群里引人注目的段子手。在嘴皮子上,他永远落于下风。谈恋爱时她曾明白无误地告诉他,嫁给他就是为了改造她的命运,他是城里人,父母是知识分子,有很多的积蓄和很高的退休养老金。当初她的眼里还有动人的青涩,她的直率和痴情打动了他(那时他是多么喜欢与自己相反的东西),结婚十几年后她的那些话在他们吵架时被反复提起,她提起是为了嘲笑他的软弱、不上进,他提起是为了论证她的阴谋、没感情。他们的结合太草率了。

母亲对他生活在伶牙俐齿压迫下的仇恨鼓励了他,他把母亲的话告诉了吴小妮:"这个女孩看起来和你蛮配的。"仿佛母亲是个预言家。那天是在她的画室里,架子上的画板上有一幅即将完成的画像,一个雪白丰腴的姑娘全裸背对着观众,小脚尖上半遮半掩着一块蓝灰色丝绸,像是沉思的维纳斯。"这是谁?"他随口问,好奇她哪里找来的女模特。"自画像。"她害羞地"嗤嗤"笑起来,他这才注意到画板右下角有一张和画像几乎一模一样的小照片。"请不起模特,只好自己来,先摆好姿势,让我家那位给我拍个照片,洗出来照着画,"她解释着画像中的自己,"一般人我不告诉画的是谁!"

她的话像是一种引诱,他作为"不一般的人"忍不住一再看那副巨大的画像,挽起的发髻露出洁白修长的脖子,右手因为撑着脑袋而拉长了斜卧的身体,凹下去的腰肢突出了两头鼓起的部分,臀部像一把浑圆的小提琴,在背后仍然可以猜想胸前丰满的鼓起,弯曲的小腿延伸向前消失在一堆柔软的蓝色丝绸里。

她换了一只小画笔,调出一种灰褐色往即将完成的画像上刷。他第一次看到油画现场,担心她把已经画好的部分弄坏了,但是灰褐色的刷子像一只擅长抚摸的手,反复抚摸在柔软的肌肤上,深色神奇地被吸收了,雪白的皮肤更加闪亮发光、丰腴立体。他前后左右环顾,画室里有好多裸体成品、半成品,他不敢问那些是不是她,也不敢细看下去。

画室里的灯不知什么时候暗了,还是时间忽然到了傍晚?他已经不记得了。灰蒙蒙的屋子里有一些小虫子出没在他们之间,飞翔的小翅膀发出"嗡嗡嗡"的声音,那些声音钻进他的耳朵里,无限放大,震动着他。晚风掀起窗帘的一角飞舞着,一种年轻的活力乘风回到他的身体里,他感到血管里跳动着波浪,被吵架磨坏的耳朵恢复了健康,能听见她裙子的层层褶皱互相摩擦的"沙沙"声和她"怦怦"的心跳。屋子有点小,关在衣服里的身体闷出了汗。

虽然一切都在意料之中,但他们俩还是惊慌失措。她比他镇定地安排他回家的路线,他先走,她再走——她画室租的是人家的一个廉价阁楼,房东也许就在楼下。有很长一段时间,他被她吞噬了,被那个装满画框的狭窄屋子吞噬了,他怀疑身上始终有她的油彩味。他对妻子的咄咄逼人开始宽容——因为对这段婚姻的冷淡被确认,放弃了吵架的努力。

他们偷偷摸摸地相爱,如果妻子知道吴小妮的存在,一定会不顾一切地撕碎了她,最难听的话、最恶劣的手段、泼粪骂街打架她都做得出来。他犹豫如何督促妻子把嘴上的离婚加快进程,苏莉莉是太聪明的人,没有遇到吴小妮之前,她就喜欢把男女之事挂在嘴上审问他。但无论如何,即便苏莉莉是离婚最初的提出者和毫不示弱者,那时她依然兢兢业业地培养着他们的孩子,他高一了,在本市最好的高中,有实力冲击最好的大学。他是高中老师,又是班主任,当然知道无论是传统的还是现代的观念,完整的家庭对孩子都有重要意义。

他是下定决心的,他曾一遍遍捧着她的脸蛋说爱她,超过和苏莉莉说过的所有。人到中年更为清醒的需要使他明白他爱她的轻盈柔软,爱她的沉默寡言,爱她的激情动荡,爱她身体上无限上升与下降的山河,爱她能从灰褐色中捕捉白雪的手指,爱她在黑暗里久久凝视他的双眼,爱她所有与自己相同的部分,包括沉重的道德与固执的挣扎。有一段时间他大脑供血不足,做颅脑核磁共振的时候,医生说他的大脑里有一个多余的脑室,他怀疑这个多余的脑室因她而生,把她秘密地藏在里面——他在梦里见她,不敢对任何人说。

有一天她告诉他,她正跟丈夫离婚,"琦琦归我!"她如释重负地说。她告诉过他,她家"那位"爱赌博,有生意时做生意,没生意时征战在赌桌上,有时连续一个星期不回家,这并不是什么绝对的坏事,他的生意朋友们都这样,但自从遇到他后,性质就不一样了,她喜欢那种努力把人生紧紧抓在自己手里的人,譬如他。他总算明白相爱时她的镇定、她的勇敢是因为暗暗下了决心,她柔软而决绝的美,因为她遇到他。但那时他仍然需要做一个好爸爸,孩子到高三关键时刻了,百般思虑后他们夫妻俩决定暂不离婚,无论如何不能让孩子知道父母的婚姻已经陷入混乱,濒临毁灭。熬过这一年,一年。因为长期出色的教学成绩,因为出名的有耐心和好脾气,他被市里宣传成教育教学楷模、道德标兵,许多家长给校长打电话点名要他做孩子的班主任,如果秘密的爱被泄露,他慌了,他没有考虑过更远的事情,"是为我吗?"他小心翼翼地问她。母亲的预言变成了讽刺。

他们在一次约会后不欢而别,那晚她的犀利言辞越来越像妻子,他仿佛看清了她的真面目一般,痛斥她的隐藏和对她突变成泼妇的厌恶,又乞求她,爱他难道就不能理解他,不能再等等,又为什么非要结婚,爱不是占有,婚姻是坟墓难道她不知道?他为自己找借口,他知道。之后他不再参加他俩共同朋友的聚会,他回到中规中矩的生活中去,那是适合他的牢笼。也许他俩互相都有意避开一切可能听见、遇见对方的机会,他们再也没有相见。他血管里的波浪凝固了,再也没有一双眼睛能点燃他的黑夜。他爱的女人不过就是别人不爱的妻子,如果与她进入婚姻,她也终会变成一个让人爱不起的妻子。分手的最初，他这样宽慰自己不安的心。

"彭思琦，你来讲一下！"他点小女孩起来回答问题。他尽管教出了许多优秀的学生，那些学生们以他为骄傲，但内心里他更偏爱那些性格弱小的学生。对于彭思琦，更有特殊的情感，十七岁的彭思琦和当年他认识的二十五岁的吴小妮长得太像了，再过八年她就会完全长成当年拍照片时挤在他身边的姑娘。

彭思琦慢慢吞吞地站起来，结结巴巴地回答，脑子里瞬间涌进了太多东西，她无法把它们顺成一句一句的话，她知道自己会这样，一直都这样，她声音小得自己都听不见。众目睽睽令她颤抖。

他耐心地等她把凌乱的词语收拾好，听她战战兢兢地吐出它们，他走到她身边听她蚊子一样的声音，从她的回答里拎出一些和答案有关的词语、段落，然后把它们贯穿起来复述一遍，成为她的答案告知全班同学。同学们发现她用的词语不俗，穿起来的句子因此闪闪发光，她的回答虽然几近耳语，但那些关键的词语是别人想不到的。他们在老师的带头下真诚地为她鼓掌。彭思琦满脸羞红地坐下，回味自己说过的话,她回想起来的就是老师向大家复述的句子,好像她本来要说的就是那一句,她理顺了。

同学们习惯了静静等待她,她慢慢吞吞、磕磕巴巴的表达里总有让人意想不到的精彩,即便只是一句话、一个词、一个想法,它们藏在语言的泥潭里——这是一个会产出珍珠的泥潭。老师一点都不着急,用欣赏的眼神看着她、鼓励她,他们便更加期待地认真听着她将要说出的一切。

"彭思琦,你来读这一段!"遇到课文分配角色朗读时,他安排那些不爱出声的孩子们加入,在他们出场的前后穿插几个大嗓门的学生,那些十分自信的孩子读起课文不仅声音响亮,还喜欢对课文进行演绎,想象角色身份读得抑扬顿挫,不爱出声的孩子们被带领着忘了害怕,提高嗓门读,扮演一个雄心壮志的人、扮演得意扬扬的人、扮演一头愚蠢透顶的驴、一条忘恩负义的蛇,不爱出声的人一旦试图放开总会给人特别的乐趣,引得大家为他们鼓掌。大家评出最精彩的朗读段落,他会让那位朗读者带领全班跟着一起读,欢声笑语不断。他的课堂总是有掌声和笑声,为绝对的精彩,也为令人刮目相看的变化。

"这期黑板报主题是中秋,彭思琦负责版式设计和画画,张锋负责文字书写,赵佳佳负责材料收集。"他安排她和其他同学一起承担班级事务。课间他看见其他几个同学找她商量,她似乎迫不得已,用她慢吞吞的方式表达着自己的设想。下午活动课上,同学们在操场上自由活动,她和几个同学在黑板上工作,"这个地方你先不要写,等我把画画好了你再写,填空写。"使命在身,她不得不主动和张锋说话。"中秋节正好和教师节相差一个星期,黑板报一个月出一期,要不要带上教师节一起做?"她给赵佳佳提议。黑板报出来效果很好,中秋团圆、教师节感恩,彭思琦的设计很精彩,全年级十五个班级,不出意外地都使用了月亮、灯笼、月饼、嫦娥、玉兔这些元素,只有她画的是云中阁楼,在黑板的一侧高处,既像月下广寒宫也像书山高台,在黑板的下部画的是波浪,既是"海上生明月"的大海,也是"苦作舟"的无涯学海,寓意好,也有诗意;彭思琦的画功更是了不得,粉笔画画得油画一般立体逼真。在全校的黑板报评比中,这期板报得了第一名。负责黑板报的同学轮换过几个之后,画画的任务就慢慢固定在她身上了,大家一致推荐她,有她的第一名在前,其他勉强能画的同学便自觉不如了,只愿做她的副手。

他为大家建立了一个有特殊才华的彭思琦。让她拥有掌声、适应掌声,让她的沉默内向有了才华的衬底而显得与众不同。从同学们的周记、随笔里,他已经知道她不可能被这个集体忽视,也没有人再笑话她的结结巴巴,大家总是会提到她,有人喜欢她,发现了她闪烁不定的漂亮大眼睛。

然而吴小妮不买他的账,一次家长会上他向全班家长宣布分析完所有孩子的进步、退步情况后,在老师和家长私聊时间里,"你现在自由了吗?"她忽然问他。因为担心家长会一散她就走人,宣布散会第一时间他就点名彭思琦妈妈到走廊里等一下,他有情况要跟她交流。短短两个月时间,这一次的彭思琦和上一次的彭思琦已经不是同一个人,但在吴小妮看来,这不过是他玩弄的新花招,女儿的成绩还在班级中下游。她带着冷漠而迷人的表情听他絮絮叨叨讲述,在他似乎等待家长表达感谢的停顿里,她忽然问他:"你现在自由了吗?"这是迟到的挑衅,当年她因为伤心欲绝而放弃的反驳终于回来了。

这句话把他吓了一跳,边上还有十几个等着与他交流的家长,他们叽叽喳喳说着各自的孩子。他及时刹车,不再炫耀功劳。这是他该做的,他对所有学生都一样关注,他都会尝试进入每一个孩子的心里去了解他们,为什么这一个他这么刻意去突出自己的努力?说到底,是他欠她的。

"等儿子考上大学,我就自由了。"这是他曾对她说过的话。

十二年过去了,他已经五十四岁。在这十二年里,妻子苏莉莉先后失去了父亲、母亲,那个风一样火一样、雷电霹雳一样的女人经历了亲人的离去、经历了暴躁的更年期后忽然弱小下来,叹息自己已经是个孤儿,他是她唯一的亲人和靠山。她的话是发自肺腑的,直率得近乎回到纯真,无论从前他们曾经战斗得多么可怕,她对这个家庭是专注的,他们大战的根源,是她恨他的软弱不争,太不相同的性格磨合起来电闪雷鸣。他们的儿子如愿考上了北京一所心仪的大学,读了研究生博士生,现在三十岁了,去年结婚生了一个女儿。他的母亲八十岁了,前几年开始出现记忆交叉的问题,生活尚能自理,平时主要是妻子照顾着,没有了与自己父母感情的倾斜比较,妻子与他的母亲相处得也算和谐(母亲已记不清从前的过节),空下来时妻子还要替儿子带带孙女——一个人的脾气改造另一个人的脾气,能否成功?要多少年?还看运气,妻子这几年的脾气少了暴躁激进,他们很少再面红耳赤地争吵。他评上了市里的名师后,没有再往上努力,做年级组长、教研组长、备课组长足够了,殷实的生活,好好先生,因为教学实绩,他高层次的朋友圈里不乏市政重要领导和商界大咖,他被他们尊为"高大师",他和他的家庭一起维持着艰辛不易、幸福体面的生活。

"现在自由吗?"他不过是生活在妥协、接受和顺应构成的网中,并逐渐忘了网的存在,以为自己自由。当年与她分手时,他四十二岁,现在想来还是太青涩,分手那晚他的表现那么草率、那么无理、那么胆怯、那么慌不择路。因此他原谅现在的她,算起来她应该也快四十岁了吧,比那时的自己还要小些,他接受她的愤怒和不原谅,他有耐心等她成熟到与他现在一样老,或许她会懂得,当年与她相爱的不自由已经透支了后来的自由。

因为老师对她的信任,彭思琦也回馈给老师额外的信任,她自然不知道这个老师曾是她四五岁时骑着脖子"驾驾驾"的那匹马。进入亲情教学环节时,语文组通常的惯例是要写几篇关于母爱父爱的大作文。在这篇作文里,彭思琦向老师敞开了心扉,她的语句像她的说话一样,有点急有点乱,前后句子有时没有逻辑关系,他给她面批作文,帮她排除病句,理顺想说的话。作业本上满是红圈红杠,她回去重新誊写。誊写时她想起新的细节要添加,又变成一篇新的作文,他陪她再次理顺。她是没有爸爸的,她说,自从妈妈与爸爸离婚后,她便再没见过爸爸,她小学时有段时间爸爸天天喝醉了酒打电话与妈妈吵架,想要复婚,但是爸爸没有提到她。听说爸爸后来再结婚,又生了一个儿子,她不敢见他,有点恨他,又怕他忘了自己。她和妈妈生活在一起,她不知道妈妈为什么不喜欢爸爸,坚决不肯复婚,妈妈一个人过得很辛苦,做过酒店营销经理、开过服装店,四处奔忙,她爱妈妈又恨妈妈。最后一次理顺字句、文章结构时,作文已经变成一篇远超八百字要求的长篇大作,布满了她不断想起的细节,她总算弄懂了自己对爸爸妈妈的感情,那些藏在记忆深处的纠缠错乱的小路,终有一条她能踩着它走出来,她趴在他的办公桌上抽泣,泪水把作文本上的字洇花了。

征得彭思琦的同意,他把她改了十多遍的作文投稿给杂志社。半年过后,作文发表了,他把样刊送给彭思琦,她很受鼓舞,发表是一种肯定和前进,而旧日感情被摆上桌面后也可以算是一种告别,她的神采开始自信起来。文章下面没有署指导老师。给其他学生修改好的作文投稿时,他会署自己为指导老师,这样可以和学生的名字一起做个纪念,也是他积累成绩的需要。但彭思琦的文章他没有署名,在指导作文时,他偷偷进入了她们的过去,看到无数现场,就是吴小妮不肯回头看的"深渊"。

他总是想起吴小妮躺在狭小画室的地板上,夹在左右各种俯视仰视的脸和裸体的画板中间,她兴高采烈地说:"我马上就要和他离婚了,琦琦归我。"她柔软的手指摸着他的下巴,刺刺的胡茬,她还没有料到下一刻他将说出的话,还没有哭着问他"那我算什么",还没有歇斯底里地扔东西,还没有扑上来搂住他不放……后来的一切都还没有发生,她只是在他脑海里不断地兴高采烈着,说"我马上要和他离婚了,琦琦归我",眼里闪烁着轻松坦然的光芒。他回避残忍的下一刻。如果回到过去,换成现在的他,他还会做出当年的选择吗?与她在画室里相爱,与她在画室里分手,他们的爱也像一幅虚构的画。他会不会在婚姻最苦恼绝望的日子里耐心等等妻子,等她发生变化,靠近自己,而不是一个人先走。

"听说你妈妈还有一个名字,好像叫吴小妮?"有一次,在一次面批作业后,他装作不甚明了的样子问彭思琦。"嗯,是的,那是她画画时的名字,妈妈说那是她的画名。"彭思琦小心翼翼地说,不知道老师从哪里知道的,"后来她不画画了,就改成了现在这个名字。"吴盟,彭思琦家长信息里的母亲叫"吴盟",像一个男人的名字,歃血为盟。

"妈妈说吴就是无,别人是靠不住的,活着必须靠自己。"

"你妈妈现在还画画吗?"

"很少画,有时候特别累,会画画花草,随便涂涂吧。"

"她画人物吗?"

"不画,妈妈说画皮画肉难画骨,她不会。"

高一学生入学不分文理科,所有学生一起统学九门功课,经过一个学年的学习,大家的文理科特长偏向逐渐显现。高二文理科分班,理科好的孩子们将根据不同的专业特长从班里分别去物理生物班、物理化学班、生物化学班,文科好的学生也根据各自喜好分去政治历史班、政治地理班、历史地理班。他的班被定为政史班,他的追随者众多,许多学生不舍得老师,只要科目分数允许,就选择政治历史专业留在班里。彭思琦想留在他的班里。

他给彭思琦分析,劝她去历史地理班,她的政治一贯不好,两个学期以来一次高分都没有考过,倒还有几次不及格——他整理出她历次的各门功课分数,指给她看——留在班里会很吃亏,将来参加高考没有竞争力。彭思琦说她政治不好是因为不努力,她只要努力就能考好。他不吝拿出他的个人经验告诉她,在文科的三门功课中政治相对而言是最难学的,不仅背的量多,对辩证思维的要求也高,相对来说历史和地理则更侧重知识型,比较适合她。彭思琦发誓说,政治也适合她,她一定好好学政治、认真思考。他又分析,地理对理科基本功有要求,而她的理科虽不如文科,但还不错,比起那些纯粹理科太差被迫无奈选择文科而文科又没有专长的同学来说,她的竞争优势是足够的,这样学起来也会轻松一些。

"你要学会田忌赛马,用好自己的棋子,发挥出自己最大的优势。"他坚持让她去学历史地理班。

"我就想学政治历史,您这是要赶我走吗?"她忽然说,"我不想离开我们班,不想离开熟悉的同学们,也不想离开您!"她开始流眼泪,抽泣起来,把"您"放到最后说,大概是出于羞涩,也许"您"本该排在原因的第一位。

"我不想去别的班!"不是迫不得已,她不会这样说话,她始终还是内向的。她的口气像极了吴小妮,"我不想这样下去! 要么结婚,要么分手!"

"傻孩子,去哪个班级都在我们的学校里,想同学们了可以回来玩,就在一幢楼里,想我了,我就在办公室里,随时欢迎你回来看老师!"他像严父一样慈爱地说,"学习上有任何困难都可以来问我,我保证解答到你满意,你是上帝。"他承诺她,逗她。

她还在哭,不肯停,眼泪落在胸前。办公室里,同事们看到一对情深难别的师生。

"我儿子当年考高中,我曾经考虑过让他来我们学校,我能亲自照顾到他,他的一举一动都在我眼皮子底下,但是最终我没有把他留在手里,他适合去更好的学校,更适合他能力的地方,你也同样!只要有目标肯努力,哪里都是你的天空,交过的朋友不会丢,熟悉的老师不会陌生,走过的路不会白走。"他动情地说。如果当年离婚成功,和吴小妮结婚,她就是他的女儿,骑在他脖子上"咯咯咯"笑的小女儿。

"你还想嫁给我吗?"他看着她的背影问。他们在夜晚的湖边,水面波光粼粼,无数个月亮折射在里面,像揉碎的无数个日夜。她十几年来增多的肉不均匀地分到了腰上、屁股上、背上,使她看起来比从前圆厚了许多,一头长发是她唯一没有变化的地方,转身时,及腰的卷发翻出厚厚的浪花,冲刷、覆盖着夜晚的身体。

"我没有再嫁,并不是等你。"她昂着头,果断地回复他,没有转身,饱满的身体里仿佛全是坚冰。隔了十几年,她总算扳回一局。

他在梦里这样问她,她的回答使他获得了短暂的安心。

花仙子

假期与友人相聚,听到了她的故事,我遂想起了她。这次意外听到她的消息与最后见到她已距离十年,我原谅了她。十年里,她可谓经历丰富,和小她十岁的丈夫生下一个男孩,男孩三岁的时候,她又离婚了,孩子归了她的小丈夫。她的婆婆始终不能接受她,即使生了孩子。在短暂婚姻的最后阶段里,当年那个义无反顾偷户口本与她结婚的丈夫也站到他母亲那一边。离婚时不要孩子,这符合她的个性,而婚姻走到这一步,想必主要原因也一定出在她身上。现在她又重新过上了潇洒的生活,沉浸在新的恋情中。

"她生了一个男孩,却不要,丈夫虽然孩子气,却是疼爱她的,但她不珍惜;玲子婆婆因为玲子生了一个女孩,本来就嫌弃她,终于找到借口怂恿朱刚和玲子离婚,结果朱刚受婆婆影响,还真要和玲子离婚,闹了两年,朱刚找了个女人住出去了,玲子坚决不离婚,独自带着孩子非常辛苦,有一回她婆婆竟然换了门锁,把玲子和孩子关在门外。"杨阳说起花仙子的故事,总要绕到玲子身上去,无非想说这两种女人多么不同,花仙子的风流放荡让所有女人为自己的贤惠守贞感到骄傲。杨阳和玲子都是温柔能干的女人,幸运地嫁到了大门大户人家,男人都是积极有作为的,不同的是两个男人的秉性有别,玲子的运气差了些,丈夫曾是她的高中同学,当年追求她时可是花前月下跪地求婚什么都做得出的一片痴情,谁能想到所谓痴情经不住婚姻琐碎的折磨。同样是离婚,花仙子就完全不值得同情,甚至恐怕她自己压根没把离婚当作丑事。

"当初她看中那个房地产商的时候,来问我该怎么与他相处。"梅姨精通人情世故,丈夫钢铁性格,赤手空拳一路走到领导级别,离不开梅姨软硬兼施的扶持手段。她说起花仙子,每次都先从花仙子与房地产商那一段说起,显示花仙子的秉性、结局早在多年前就已经被她看透。"我当时很明确地回答她,你既然有心来请教我,梅姨就提醒你一句,这回你可千万要守住了,别三两天就上床,一上床你俩就得黄。"

"结果她还是没能守住。"梅姨补上一句,她对花仙子已经无话可说,没有叹息也不加批评。批评对花仙子无用,她的系统装不下别人的软件。

我第一次见到花仙子,是她刚从师范大学毕业那会儿,她满面天真地站在讲台上跟我们说起她的大学生活,她显著的高脸颊上皮肤饱满紧绷,闪着年轻的光泽,短短的黄色卷发随着她演讲般的摇头晃脑而轻盈弹跳,她与我们大家想象中的高中老师截然不同,高一年级语文老师的第一课是讲人生与青春,课后作业是制定三年及本学期计划,而她从讲青春开始就进入快乐的回忆状态。那自由惬意、充满爱情神话的时光随着她的语言进入我们的想象,并储存在我的记忆里。"谈过几个男朋友,都是很不错的人。"她的话惊到我们,使我们仿佛窥见某些秘密,那些常被讳莫如深的成人世界的事实,我们更加盼望听到下一句。一个二十刚出头的高中年轻女老师,在九月初上午微冷的空气里,讲她新鲜的青春与爱情,我们还不懂爱情,大多数同学见过最多的男女关系是每天从早到晚都会愁眉苦脸或凶神恶煞地批评孩子、彼此之间吵架吼叫的父母,和电视剧里肥皂泡沫一样夸张可疑的痴情蜜意。

她的课堂总是最热闹,大家主意最多,为她某一个篇章里的剧情出谋划策。很多次教室里吵成一锅粥,保守的同学认为她不该因为某一个男朋友不陪她看电影、吃饭,冬天不帮她洗碗这些小事分手;开放的同学则认为她和男朋友分手时略显拖泥带水,还有的同学建议她每次分手都该想一句警示名言让对方终生难忘,就像西部牛仔片里的佐罗出场或退场总要在电视屏幕上画下闪电的符号。半个学期下来,我们已经弄清楚了她的来龙去脉:学生期的她是一个乡下姑娘的励志成长故事,自学成才考上省内某所著名师范学校,在大学里谈过几场翻天覆地的恋爱,每一次都以主动的姿态去追求和放弃,恋爱的德行甚好,虽然分手了,但她从来不说他们的坏话,除了他们某些客观存在的缺点——那些缺点,实事求是地说,我们都有,在为她出谋划策时,我们有时忍不住感到自己就是那个被她甩掉的男人;而工作期,她是如此真实且幼稚,以为我们这些小孩子和她一样天真。

我们喊她"花仙子",因为她实在自我感觉良好,"仙气"十足。在我们的方言里,"仙"兼有漂亮和轻浮的意思。无论多糟糕混乱的情况,她带给我们的永远不会是沉重的道德说教,她鲜活真实得好像她就是由每个人心里深藏的秘密组成。当她穿着累叠夸张的新裙衫、踩着高跟鞋、抱着书本从走廊远处飘逸而来,我们在教室里窃窃私语,蠢蠢欲动于这一节课将至的新遇见:她是另一个世界的人,有一颗自由自在毫不复杂的灵魂,是我们戴着厚厚近视眼镜所能看到的最远最丰富的世界。

戴厚厚近视眼镜的孩子们里有一些好事者把"花仙子"的故事传播出去,整个教学楼四楼的长廊上都是"花仙子"故事的秘密听众,当她经过他们没有老师的教室,他们对她吹口哨,齐呼她为"花仙子",她在大家的呼声里穿着她冬靴夏裙的奇怪搭配,向大家微笑回应着,款步走来,仿佛这是她的T台。戴厚厚近视眼镜的孩子里也有严肃的卫道士,我的同桌于浩然就曾经与我激烈争论,他批判花仙子的所有爱情故事,"她是一个不像话的女人,语文课不能这么上,我们花钱花时间是来学知识的,她在腐化我们。"于浩然那一段话我至今记得,因为他几乎说出了我受到的所有教育,尽管我一直是她的维护者——我们被繁重的课业压着,没有分毫自己的时间和自由,那些被义正词严不允许的,将会获得我们的全力支持。慢慢有家长投诉,校长频繁随堂入室听她的课——她太随意了。他们说,师道尊严不存。

她被留级——继续教高一,由学科年级组长直接督教,直到胜任高一语文老师,乖乖沿着课本内容讲解。有一段时间,出于家长投诉的压力,学校想要解聘她,然而她的教学成绩实在不差,她光是聊天谈梦想,几乎从不扎实地弄字词古诗文默写,但是学生的成绩总是不差,有些考试若干项单项得分甚至登上全市几十所高中排名的前几名。

第二年,她结婚了。对方是她在健身房认识的小伙子,彼此年龄相当。她天真傲慢的独特姿态吸引了他,他臂肌、腹肌、臀肌像涌动的泉水在他身体里四处奔跑,她被他强大的肌肉征服,按着他的肌肉感叹肉体里隐藏的神奇。很快她投身到与对方火热的恋情中,并在一个星期后宣布结婚。他们爱得死去活来,一天都离不开对方。她给我们——升入高二的她的老学生们发喜糖时,仍不忘宣传他的肌肉:"他的皮肤里像有许多只肉老鼠一样,随时准备钻出来。"她充满激情的坦率引起了男生们的哄堂大笑和热烈鼓掌,女生们则抿嘴偷笑。

她的超能丈夫被风情异样的妻子迅速带进神奇剧情里:新婚那天,前男友来了三个,他们各不相识,在接到她的邀请后都赶来祝福她,大学最后一个前男友甚至被她带回了家,他们三个人大字形排开,躺在巨大婚床上怀念彼此的大学时光,她和前男友有过去共同的某一年,她和健身先生有共同的一个星期,聊到半夜,她建议去看电影,他们三个又跑出去看电影,恐怖片看到害怕的时候她紧紧抓住了前男友的手,对方报以热烈的手部回应,"也许是与他相处更久的原因,还是他更给我安全感,"她如实说,她从不记恨任何过去式里的男人,"肌肉在电影最心慌阴暗的时候失效了,虽然他的手一直有力地握着我的。"

想象一下那和谐场面吧,三个人既陌生又亲密,仿佛了解彼此最细密的痛和乐,人性血脉里的淤堵并不存在,"三个奇怪的人,怎么就遇到一起的?"听众中有人严肃地问,简直是不可思议。"物以类聚,人以群分,奇怪的房子里总是住着奇怪的人。"有人认真回答。

她的婚姻像战斗,实实在在的战斗。健身先生终于醒悟过来自己妻子的天真烂漫不同寻常,他的肌肉除了征服她的身体外别无他用,他根本无法与她对话,他说不过她,她所说的一切都非常有道理,等他冷静下来时发现自己已经被她带到歪路上了,他终于承认自己不该高攀,娶了一个知识分子的后果远不是同事们羡慕的那样——人们都说女教师最是贤惠,又能赚钱又能顾家,现在看看他们家,书柜里放的书他一本都看不懂,锅子里煮的饭菜难说可口,他给她前来拜访的前男友端茶递水,听她讲从前爱上其他人的故事(她说他们应该彼此分享,于是他也曾乖乖地说出自己的某段恋情)。他每每回到自己的工作场所后,忽然从她清澈明亮的目光中退身出来,从她不知不觉的精神改造中回过神来,发现他快和她一样变成疯子了——除了在床上发疯外。他们开始打架,健身先生大拳头砸下去,他要打的不仅是她的肉体,还要把那个奇怪的引领者从她脑袋里打出去;花仙子对他的身体进攻报以纯粹美好的理解和同样的反击,"还没有哪一场恋爱尝试过打架,拳头打在他的肌肉上,真是新的体验,很释放。"打架经常随时随地就开始,打到筋疲力尽时进入做爱环节,为了使对方屈服,他们互相使尽解数。

这段婚姻坚持了两个月,去办离婚的时候接待他们的正是替他们办结婚的同志,他试图劝和,他们不得已互相展示了彼此身上的淤痕。离完婚,她流产了刚怀的孩子。"我真不知道他是这样的人,暴力分子。"有时她也略带抱怨,语气是轻快的。

我师范毕业回到母校做老师,成了花仙子老师的同事。午间批改作业时,办公室里有时不免太过安静,笔尖"沙沙沙"的声音和旧空调"咯吱咯吱"发动机声音使人烦躁,忙不完的案头工作,同事们会聊起某位恰巧不在办公室的同事,解解乏吧。花仙子与房地产商、珠宝商、学生家长恋情是最有趣的话题。倒没有什么色情片段,主要是故事里夸张的情节转换,和女主角毫无顾忌地把一切告诉询问者的不同寻常。她不知道询问者会把她的故事当作趣闻一再转述吗?我暗自为她担心,想起她二十岁出头第一次站在教室里的光芒四射,如今她的故事多得使她满身瑕疵。而她仿佛始终初生在这个世界,浑然不知规则。

学生家长,是谁把故事讲出去的?我惊恐地想。

她戴着珠宝商第一次见面时送给她的钻石项链,"傻丫头,那是人家试探她的,身价千万仅仅送她一串几千块的项链,她被试出了肤浅,有家教的人家怎么会娶她,顶多是玩玩罢了。"我不知道她是否知道别人的说法,她仿佛甘心被玩弄,堕落在教化不许的陷阱里。"他真是一个实在人,说我和他前妻一样可爱,可惜我们不适合。"她欣然接受他奉上的真心,并在分手后很长一段时间里把"真心"挂在胸前。

我做了老师,明白学校不愿意开除她确实情有可原。学校的分数排名有一套完整而严苛的考察体系,班级入学平均分作为基数,根据班级入学均分的年级排名与年级平均分的差距,计算出一个班级基础量值,每次考试不直接比分数,而是比"增长率",也就是说看进步和退步。好像玩耍一般的人生,花仙子班级语文成绩的增长率一直名列前茅,这真是叫校长们为难,应试教育几十年没变,高考指挥棒指挥着方向,能帮助学生考出好成绩的老师就是好老师,不是么?花仙子恋爱、结婚、离婚、恢复单身,谈恋爱是受保护的,既没有第三者插足,也没有小三逼宫,她合法恋爱,不过是玩得潇洒又单纯。校长们找她谈话,告诫她谈恋爱要悄悄谈,不要告诉别人,更不要把会被别人笑话的地方告诉别人。"为什么要笑话,哪里可被笑话,他们没有谈过恋爱吗?"花仙子一脸无辜地追问。

"女孩子经常谈恋爱,毕竟不是好事,公开出来更加不好。"老校长忍不住说出压在舌头底下的心里话,他有一张俊朗的男人面孔,花白头发向后梳得一丝不苟,高鼻梁上架着半框金边眼镜,眼角的皱纹恰到好处——一个稳妥的教书先生、负责任的丈夫与好父亲的结合。花仙子抬头看他时恰巧发现了这一点,她忘记了身处的环境,盯着他看了半天,由衷赞叹道:"朱校长,你还是蛮有魅力的嘛!"这句话击退了老校长意欲如父亲对女儿般讲规矩的打算。"没规矩,居然在我教育她的时候说出这样轻浮的话!"他被调戏了,十分恼怒。

做了老师,我也明白在教学上花仙子其实也确实做了不少事情,她解析文本时不依靠教参的独立智慧,她应对问题时空幻理想的深入求解……她不同于其他老师匍匐在教参上的听话姿态,使人痛恨她"轻而易举"获得的好成绩,使她出奇的爱情与洒脱成为她唯一的标签——教书不该是这样的!

花仙子第二次结婚的消息来得突然,一则她当时名声已经不好听,和不同男人们恋爱的细节被不断广而告之,我们相信至少在我们的圈子里不会有人愿意娶她;二则对方竟然比她小了十岁,这种"老牛吃嫩草"的剧情,我们只在娱乐新闻里看到,打扮保养永远少女般的女明星嫁给比自己小很多的男孩子,她这样一个没钱没权没名声甚至化妆品都省着买的普通人家的普通女孩,竟然也上演这出剧情。梅姨四处打听后告诉我们:"男方是一个小学计算机老师,刚工作第一年的小孩子,没谈过恋爱,没有女人的经历。"她暗示我们这段恋情的不平等性,阅人无数的花仙子身上独特放浪的美,吸引了毫无经验的他。"希望她这次是真的,安下心来过日子,不要辜负人家小伙子。"大家配合梅姨的观点,由衷希望,好像为受害的男孩叹息。

我私下里有点恨她,当然从学生时代起,我是一直在心里护着她的,学生时代的我和于浩然们争论,工作后,当梅姨们说出她"上床"的事情,我也会偶尔出头为她说几句,譬如这次我说"她虽然看起来不安心,但每次都是真的投入",这引来了梅姨们一连串的反驳。我恨其不争,聪明如她怎么就看不明白,婚姻需要女人具有什么美德,即便是假装的。

她贷款买车,在小丈夫面前表现出精于世故的大手大脚,她把所有恋情分享给小丈夫,把自己大大小小的珠宝集中兑换成新的首饰用于结婚,包括珠宝商送的项链。她说一不二,在理想世界里自由进出而与现实世界毫无隔膜的姿态成功地吸引了小丈夫。迷路的男孩紧紧跟着她,以前所未有的勇气与自己的母亲抗战。

所有人都不看好花仙子的这段婚姻,包括我。我为她轻易相信另一个不成熟的人而难过,为什么失败没让她长记性。当初,我也是着迷于她的一个,我上到高三时,她还在教高一,她被许多教育界的道德楷模们轮番训诫。我每天都打听她的消息,她的系统里装不下别人的系统,在学校里逐渐变成一个公开的笑话,我设身处地地觉得她周身都是笼子,我忽然产生了要解放她的念头:如果,有一个成熟稳重的人爱她、指导她、带领她,她漂浮的心会不会安定下来?

最后一次见到她是在冬雪过后的商业街上。不等学校从多年想要解聘她而不舍得的纠结里想明白,她自己辞职去了小丈夫的学校。这次结婚,我们没有吃到喜糖,不是因为第二次结婚她刻意保持低调,而是因为新就职的学校离市区太远,送喜糖有许多不便。雪后的商业街上张灯结彩迎接新年,高大的玻璃商厦顶上、行道树枝叶上都戴着毛茸茸的白雪帽子,显得憨厚质朴。我在商场里逡巡,寻找一款合适的礼物送给恰好新年过生日的女友,期望给我们媒妁之言的恋爱增添一点浪漫。远处一对男女向我走来时,我正把眼睛贴在首饰柜台的玻璃上琢磨款式,听售货员讲解不同花型的寓意,在我看来它们都是一样的。"嗨",随着一个女人的声音,我的肩膀被拍了一下,我回头看见一个黄发蓬头的女人,长羽绒服裹着一个滚圆的身体,袖口上满是油渍,"能借我一块钱吗?"她向我伸着一只乞讨的巴掌,一只胳膊里挽着一个瘦个子的羞涩男孩。这是我从做她的学生到成为她的同事,最近距离的一次相见,我吓了一跳,一时没有认出她来。接二连三的爱情波折已经憔悴了她,但她脸颊上迷人的梦幻光芒还在,她用小女孩快乐的眼神向远处一瞥,我看见远处的张灯结彩里有一个卖玫瑰花的小姑娘,"他想给我买一束玫瑰,我们差一块零钱。"她解释说。我欣然从口袋里掏出一把钱,"不,只要一块钱就够了。"她拦住我想要独揽一束玫瑰的客气,从我的钱堆里挑了一块钱硬币,搂着她的小丈夫向玫瑰花走去,"再见。"她回头挥手。她怀孕了,待她转身后,我忽然发现。她竟然要做妈妈了!

见过花仙子最后一面后,我离开了学校,所有关于她的消息都来自别人的言论。

梅姨已经六十岁了,十多年前的风韵不再,但她坐在人群中,依然是当然的话语领袖,她成功而完整的人生堪称教科书。"当初她看中那个房地产商的时候,来问我该怎么与他相处。"她说起花仙子,便又说起这句。我知道梅姨这些年不容易,作为一个铁腕领导的贤内助,她所要承受的不仅是全心全意照顾丈夫的饮食起居,还要接受丈夫三番五次的感情波折,但她不屈不挠,充满智慧和艺术柔情地与丈夫较量,直到她亲手培养起来的儿子逐渐长大成为她的钢铁靠山,直到男人发现自己所遇的女人没有一个能与逐渐衰老而始终温柔的梅姨匹敌,几经努力现在她终于迎来了儿孙满堂的大圆满。

彼此的教学成绩倒实在不值得拿出来做十年分别的交流,老师与学生的关系是铁打的营盘流水的兵,日复一日年复一年,平日里被精确到小数点之后五位的分数值比较压迫够了,谁都不想再说一句分数的事,暗暗努力就是了。学校的人事发生了很大变化,在久别重逢的茶桌上最值得被提起的无非是儿女情长的故事,当年清纯的晓芸如今绯闻不断,她一边在自己的婚姻里掌握主动权,一边不断轻易地爱上别人的丈夫,享受他们爱与物质的环绕,这恐怕是一种源自童年的心理疾病,细说起来既遭人嘲笑,又未免让人替她感到悲哀。数学教学章组长为一个酒场上认识的女人和老妻离婚了,离婚没多久发现癌症,又回到妻子身边,妻子不吵不闹,接受他离开也接受他回来。英语林老师最是洒脱,开公司的老公逢场作戏的事情多,她管住家里的钱袋,退休后全世界跑,穿着鲜艳的衣服,用美颜相机拍出二十岁姿色,发在朋友圈里宣誓爱自己。刘老师丈夫的小三成功上位了,"被"离婚的她从前高傲的姿态不再,悉心培养的女儿偏又喜欢上一个外地来的理发师,前夫支持给女儿创业的钱都倒进了外地人一家子贫穷的无底洞里,刘老师不再穿旗袍走猫步,有人见到她穿着睡衣在菜场买菜。最让人意想不到的是,十多年前色艺俱佳、被老公一家人千般宠爱万般呵护、被视为幸福女人榜样的"杨玉环",她的楷模"好男人"老公居然多年养着一个小情人,"杨玉环"离婚了……从前总以为绯闻故事的主角们远在天边,而事实上几乎所有人都在时光的摧残中被消磨,被庸俗的新我放弃,在不甘心、忍受或无望绝望中挣扎。花仙子是唯一的例外,她还在追求爱情,在婚姻里进出,还一尘不染地看待世界,还在被嘲弄玩耍而无所察觉,还在做"放荡"的女人。

高三时我曾鼓足勇气,把我离异多年的父亲介绍给她,因为母亲的关系,我与父亲有不少隔膜,但父亲在我眼里至少一直是正直博学的榜样,他多年独自经营一家颇有规模的体育用品店,收入不错,年龄比花仙子大十多岁,我知道年龄在追求真爱的人眼里不是问题。花仙子果然欣然接受我的介绍,"叫妈妈。"她摸着我的脑袋说。他们处了一段时间,后来分手,原因自然是父亲说的,她太轻浮了,年纪这么轻,不懂规矩,不稳妥。我一贯相信父亲的判断,但那次竟然怀疑了,大胆跑去问花仙子分手的原因。花仙子说:"你爸爸早就有一个女人了,她恐怕也是你父母亲离婚的原因,他同我谈可能是不方便拒绝你的好意。"这个原因更让我怀疑,父亲虽然有不少缺点,但他的忠实稳重我却不敢怀疑。

直到我工作,成为社会人,成为男人,眼睛耳朵混迹在办公室各种道听途出的故事和黄段子里,我才重又怀疑起自己的父亲,他大约因为花仙子天真好玩又好打发,和所有想要尝鲜的男人一样玩了一次,这让我心如刀绞,不但是因为认识到父亲也有这种恶俗的心态,与我曾瞧不起的人没有差别,更因为这次糟糕的相遇是我创造的机会,而花仙子恐怕懵然无知于男人们的心思。多年后,我的父亲依然是正直博学的样子,年岁增长后还多了些慈祥,他的那个女人不知为什么一直没有出现在我的视野,他的眼里也没有任何秘密的涟漪,他把秘密藏得很深,还是人至中年他已经麻木至没有秘密能构成他心底的涟漪?他只是人群里一个普通耐看的中年男人。

花仙子与学生家长谈恋爱的故事私底下被不断说起,大致意思是说她饥不择食、来者不拒,有一次他们当着我的面绘声绘色地说那个家长在餐桌上对花仙子动手动脚,男人猥琐的样子我竟不敢再去对照,是我的父亲吗?我细细听他们说的那个男人,可惜那个男人除了拥有绯闻中千篇一律的好色发痴外,没有一点涉及现实的外貌描写,只有一句说他"肚子太大",这一句也是为了笑话他笨手笨脚,也笑话花仙子饥不择食。我的皮夹里有一张母亲与父亲抱着我的照片,父亲年轻气盛、眉眼冷峻、傲然视物、一身正气,照着记忆里积久的美好印象,那个猥琐男人绝对不会是我父亲。但,谁又说得准,谁在外人眼里不是一个俗物,谁又不就是个俗物?很长一段时间,我对花仙子很是生气,为她毫无秘密的嘴——如果那个猥琐家长正是我的父亲（即使已经被众人传说得不成样子），她应该保护我们的秘密和我对她的信任；也为她毫无秘密的心——倘若那个猥琐家长是另一个学生的父亲，在我父亲之前或之后，都不可原谅，她也太随便了吧。

梅姨、张老师、李主任们……仿佛课间热闹的办公室搬到了茶座里，他们说着笑着感叹着，光从人的个体变化看，世事的变迁就足够让人惊讶，从前生机勃勃的小年轻们，如今都变成了油腻乏味的中年人，和从前一批批让人看不上的中年人们毫无二致，仿佛人生终极目的地上有强磁吸引着。

再定睛看看聚会座中几位端着茶杯、搅着咖啡的批评家，想起他们这些年里背后被人叙述的故事，明白这些教书育人者也只是一些普通人，举着一本书的火烛，在浊世里漂流，本能与欲望是不可或缺的竞争动力，当清澈激情渐退至麻木而无可奈何，挣扎求得的光鲜生活里有诸多秘密不堪的锈斑与隐忍。此时此刻，谁敢说自己始终成熟而勇敢、干净而坚定？谁的人生从来正确无误？而正确又是什么？此刻的我们都是被昨日或明天的自己修改的受教育者，想到这些，我原谅了花仙子透明的放任和屡教不改的天真。祝愿她失去众声赞美而赢得的爱情大于情诗、大于玫瑰,愿她因纯粹而失明的眼睛不要睁开。

　　他们说着什么,热闹地争论起来。因为发呆,我没听见。算起来,我已经十多年没有见过花仙子了。

美美的年

田美美和小军为了过年的事,闹翻了。怎么个闹翻法?连续吵架一个星期后,趁着气冲冲的劲头,三下五除二,俩人闪电般地就把婚给离了。省得大家稍一冷静,就犹豫了。按着他们当时的想法,这样的男人或女人,要什么没什么,连对自己的体贴都没有,是当初自己瞎了眼的选择,现在就得趁热打铁把对方给休了,不能再给自己留在贼船上的机会。

离完婚,他们还一起在民政局边上吃了一个火锅,现在这社会谁离了谁会不行?哼哼,你就等着后悔吧,我这么好的姑娘,二十几岁,用时兴的话说是"八五后",粉嫩嫩的脸蛋、水灵灵的大眼睛,大学本科毕业,不贪图你房子,和你骑辆破电瓶车,挤在租来的房子里……看你离婚了还能不能找到我这样纯粹讲感情的！田美美一边微笑着捞火锅里的东西，一边心里想，这婚离得值，不后悔。

小军呢，看起来也挺开心。"谁离了谁不过呀，回家过年这种小事你做媳妇儿的寸步不让，还能指望你什么？现在这社会行情，男少女多，听说过剩女不？那些高学历高收入的精英女人都单身着，你田美美离了婚就准备着混成黄脸婆吧！"这是他俩吵架时，他说的原话。

田美美看看小军，他挺得意的样子，和领结婚证时一个表情——做出了他认为唯一的正确选择——他们领证后也是在这家火锅店吃的午饭。

回到家，俩人办的第一件事就是大张旗鼓地为自己订了回老家过年的车票。田美美回浙江，小军回陕西。

他们用同一台电脑网上订票，田美美先订，动作"乒乒乓乓"，手里全是解放后无拘无束的自由，嫁给你第一个年头就不让我回家过年，哼，这下好了，让你跑了媳妇儿自个儿快活吧。小军也不甘示弱，很潇洒地穿鞋横躺在沙发上，之前田美美不让他这么干。田美美订完票，他摇晃到电脑前，把田美美赶下来，自己订，嘴里还哼着神曲，田美美总说他五音不全，他就不全怎么啦？自己舒服自己精神！

田美美离开南京那天，南京下雪了。田美美独自拎着回家过年的大小行李,站在火车站台上,看着拥挤在自己身边的人群,免不得有点冷清,草草结束这场婚姻,说完全没感觉是假的,她多希望现在身边站着小军,牵着她的手。她后悔自己没告诉惠小军她回浙江老家的时间,说起来也是夫妻一场,如果他不恰巧今天也回老家的话,他一定会来送她一程的。

他们约好过了年回来就办"分家"的事。他们俩房子是租的,只要分割结婚时两个人共同置办的几件电器家具就行。那几件东西其实他们也不在乎,能抵几个钱用?说到底还是在乎个理,凭什么要我让你?你一样都不让!因为回家过年的事,近一个月里他们俩处在一种奇怪的氛围里:极容易冲动,极容易产生一个立场坚定、寸步不让的自我,温情脉脉瞬间变成锱铢必较,让人觉得看到了婚姻的真相。骗子、独裁者、封建家长、上当、蠢货……是他们这段时间用得最多的词语。

火车一进云城,树木啊,天空啊,就有了亲和温暖的色调,田美美忍不住流眼泪,心里对自己说,还是故乡好啊,我为了你连婚都离了。出得站来,就看见穿着一身红的妈妈,逢年过节,妈妈喜欢穿得喜庆,这是妈妈的"宗教"。田美美扔下东西一头扑进妈妈怀里。妈妈看到是田美美一个人回家过年,很意外,说:"你当时电话里说回家过年,我就奇怪呢,怎么第一年结婚新媳妇不上婆家去?他们家没有要求?倒一起到我们家来,原来是你们分开两头过。这样不好,下次还是一起吧!"

田美美不喜欢听妈妈教育,大过年的又不方便把离婚的实情说出来,只好说:"我也是没办法,他那边年重要,我这边也重要呀!再说了,凭什么第一年结婚新媳妇要上婆婆家?"

妈妈没有继续说教,拉着田美美的手上了车。女儿贴心,她懂的。况且已经回来了。

回到家,爸爸没在家,妹妹已经回来了,大学寒假放得早。田美美和自己的妹妹田小莉不怎么热络,说起来这也不怪田美美,她们做姐妹的时候就已经是有各自想法的人了。妹妹大四了,准备考研,替田美美接过行李后,就坐在书桌前开始看书。自小田美美的成绩都不差,在班里总是不出前五名的队伍;但是妹妹田小莉更有学习的天赋和定力,年级里第一名的宝座她坐得牢牢的,没有任何人能超过她。当年,她们姐妹俩在同一所中学上学,田美美初三时,田小莉初一,田小莉出现在校园后,她的风头就总是盖住田美美。爸爸得意的时候会说,田小莉遗传了他的智商,这句话曾让田美美恨得牙痒痒。

当然田美美和爸爸的隔膜并不来自这句话。

家里弥漫着一种奇怪的温馨,楼前的一排玉兰树贴了红福字,这是他们家的习惯,门上的对联"旧岁又添几个喜,新年更上一层楼"一看就是妹妹的书法手笔,跟爸爸一起写对联,是她们姐妹俩小时寒假的必修课。

妈妈接田美美到家后,就忙着去菜场了。田美美走进妈妈房间,看到墙上妈妈和爸爸的照片,照片里的他俩都属中年,虽然画着妆,但难掩不再年轻的相貌。田美美心里一阵辛酸,自己也算结过婚了,比以前更知道半路夫妻日子过得不容易。田美美替妈妈委屈,妈妈嫁了这个爸爸后,为了表示一心一意跟他过日子,不仅改了女儿的姓,跟丈夫姓田,让女儿喊他爸爸——那时候田美美已经十岁了,怎么会不知道自己的爸爸应该是谁?还把自己的房子过户到两人名下,表示夫妻共同财产。妈妈委曲求全,女儿就越要替妈妈出头,张扬女权。从小田美美就强势霸道惯了,什么都要一较高下,分出个是非之理。

比如田小莉要考研究生,她就不由地盘算,这四年研究生,吃喝肯定都用父母的,按现在的物价行情,花个十万八万不算多。这可就比她田美美多花父母的钱了,她大学一毕业就工作了,结婚时家里经济紧张,只给了两万块钱嫁妆,置了一张床和几套床上用品、零碎的家电,三钱不值两钱。最关键的是,这个家现在赚钱的主力是她妈妈,换句话说是她妈妈省吃俭用在供老公和他前妻的女儿读研究生,这研究生以后出息了,赚的钱还指不定给谁花呢!他那前妻,田美美见过,绝对不是一盏省油的灯,没事也能搅起三层浪的人。这世道?高智商的人真是惹不起,算盘打得精着呢!

从妈妈房间出来,她气呼呼地回自己房间,"哐噔"一下坐在床上,这世界哪儿都有不公平,她刚从一段初露不平等端倪的婚姻里出来,回到家才发现,这里也是不平等的温床,按她的理解,谁的女儿谁赚钱养活,他们俩干吗把钱放一块儿用?这些年妈妈把以前的老底子都赔上了,这些钱按说是她田美美的。

妹妹听见动静,摘下耳机,转身看她:"姐怎么啦?"一副茫然的天真相。她做她妹妹的时候,才七岁,年龄小,接受什么都方便,包括接受新的妈妈和姐姐。田美美一贯这么解释田小莉的自然,也顺带解释了自己的始终不自然,谁让自己比她大、比她懂事呢。

"姐,忘了跟你说了。"她放下书本,甜蜜蜜地靠过来,像有什么秘密要说。

"祝你新婚快乐!"她说。田美美支起的耳朵松软了,以为什么事呢。田美美十月份结婚时,田小莉学校正好有个什么研究项目在上海,没参加。

"现在才祝福,迟了!"田美美实话实说,真是哪壶不开提哪壶。

"姐,请教你个事儿,我觉得你最有发言权。"妹妹神秘兮兮的,小脸蛋满是虔诚的谄媚。

"说吧!"田美美忍不住推她一把,"别那个样子,装得小可爱一样。"

"爱上一个人是什么感觉?"

"怎么突然问这个?你有情况哦!"田美美敏感地侦查出状况。

"我们学校有一个男生追求我,我特想知道我对他的感情是不是爱情,我要做出正确的选择,不玩虚的。"田小莉倒也不遮遮掩掩。

爱情……田美美考虑着,虽然离婚让人懊丧,但谈谈爱情,如妹妹所说她还是有这个资格的,毕竟自己是"过来人"嘛。"你要喜欢和他在一起,看到他的影子,听到他的声音,想到他的存在,心都会怦怦乱跳;你们在一起哪怕只是分享一个可爱多都感觉很幸福;你们要互相了解,能知根知底最好,当然如果实在不能知道所有,只要足够爱他,过去可以不追究。"田美美说这些的时候,参照的全是记忆,她和惠小军是大学同学,爱情长跑了四年,大学毕业同居了一年,双方工作都稳定下来后,才决定结婚的。人家有的浪漫他们都有过,别人没有的争吵他们有过,惠小军的"丑事"她也全部知道,嫁给他自然是因为喜欢他。

"如果他家经济条件不好呢?"田小莉小心翼翼地打断她。

"经济条件不好,那他得是个潜力股吧。"田美美的这个结论也来自惠小军,惠小军毕业第一年就被一家大型公司录用了,两年里工资涨了一倍,田美美一直觉得惠小军现在不能给她房给她车,但这些东西未来都不难实现。

"没有点能力、魅力,你也不会喜欢上他对吧!"田美美说,她对田小莉的追求者渐渐开始好奇,何方神圣敢追求她妹妹,她妹妹虽然缺点一大把,但长得不错,一贯鼻子比眼高。

"嗯,是我同学,我们中学的校友,他说他是我的粉丝呢,呵呵。"说到这里妹妹不由得意地笑出来,看得出来,她对他感觉不差。

"他现在陪我一起考研呢,说是想和我共渡难关。"妹妹害羞地说,小丫头一眨眼也到了谈婚论嫁的年龄了。田美美定睛仔细看田小莉,说实话,还真如别人所说有几分像自己的妈妈,眉毛细长,高高挑起轻轻落下,眼睛看人眼梢留波光,神思旖旎,女人得很。相似的神态让本来都生着瓜子脸的俩人,看着倒像是母女。自己呢,反而不像妈妈,长得四处硬气。

田美美心里有点酸溜溜的,吃起混合醋来。为妈妈,也为他。惠小军啥都好,就有一点特别犟,不会为了别人改变自己,放下身段说话——男人对女人的身段。瞧瞧妹妹的追求者,陪考研!当然陪考研未必以后陪回家过年。

"不管这男人多优秀多寒酸,有一点你得吃住他,他服你,听你的管。"田美美把自己最新的经验教训总结出来,"做女人最忌讳像我妈,活得太累,一个家,尽是她照顾、她出力、她维持周全。"

田小莉立刻点头称是,说:"妈妈是好女人中的模范,让人敬佩。"

田美美心想,说好听话多方便,我还会说爸爸是个好男人呢。可是田美美心里清楚,惠小军这个丈夫就是照着爸爸的反面选的,田美美太渴望有强大判断力、强大谋生能力、强大性格的男人了,一句话,她喜欢大男人。这种选择可以说就是与爸爸相处十六年的感情总结。

直到妈妈回家,从厨房里忙活完了出来,又匆匆拎了保温桶要出门,田美美才知道,爸爸住院了。难怪觉得家里怪怪的,挺冷清,原来爸爸住院了。按照爸爸现在的情况,他们家的年夜饭可能要聚到医院吃。

一听这个,刚聊天聚起来的对妹妹的些许好感又消失了,她当即发作,大着嗓门,跺着脚吼:"爸爸都胃出血开刀了,你还安心地在家看书,谈东谈西,一句不提爸爸,你是把爸爸全撂妈妈身上了,有她在你不操半点心思呀!"

妈妈赶紧抱住狮吼的田美美,拦着不让她说。妈妈说:"爸爸现在只要休息调养,没有多大事,我让妹妹在家看书的。"又扭头冲田小莉说:"你考研事大,不能耽搁,爸爸有我呢,放心放心。"又转而向小莉解释说:"姐姐听说爸爸生病了,一着急脾气上来了,你尽管安心看书,妈妈没事。"

田美美不服气,挣扎着要脱出妈妈的手臂,她又不会吃了她,这么护着,她是他的女儿也不该这么让着呀,当自己亲的,就要该怎么样就怎么样。她使劲一扭身,挣出母亲的怀抱,说:"妈你不能这样,该我们做的事情得让我们做,她是不是回家这么久,没伺候过爸爸一天?"

妹妹脸红彤彤的,一看就知道被姐姐猜对了。田美美气得发抖,摆出姐姐的姿态,说:"拜托你也心疼心疼妈妈好不好,这家她里里外外担着有多辛苦,你多大了?二十三岁了,也是时候睁开眼睛看看,爸爸生病,做子女的都有照顾的义务,不管你有多忙!"她始终没把"你爸爸""我妈妈"说出口,否则妈妈肯定冲她急,她这么多年隐忍求全,为的就是"一家人不分你我",她不拆亲妈的台。

妹妹嘴拙了,支支吾吾地说:"我去看过两次,妈妈说没什么事,我看也像没什么事,哪也插不上手啊。"

妈妈立刻和着妹妹的话:"是的是的,没什么事要做,她也做不来,不如专心复习,我让的!"最后一句"我让的"三个字加重了语气,要田美美住嘴的意思。

田美美知道的,妈妈就是那种天塌下来,你也别想从她脸上看到惊慌的人,她自己受累,零星的时间都用上了,见缝插针地,把要拾掇的拾掇了,该她干不该她干的都做了,一切干净有序,看起来啥事没有,刚坐下来休息,人家还以为她闲半天了。

田美美可不管,把妹妹桌上考研材料"乒呤乓啷"一收拾,说:"书你留半夜里自己看吧,走,我们和妈妈一起去看爸爸。"

除夕那天,大清早又下雪了,天地苍茫,田美美站在窗前,想起自己和惠小军的故事,按说也是很美好的爱情,怎么就弄个悲剧收尾呢?是因为选错人了吗,他们原本就不是和谐匹配的夫妻命?是因为婚姻是爱情的坟墓吗,爱情到了这一步都会显露真相?她爱他,和他一起面对经济条件不好带来的种种困难,迁就他的情绪,他怎么就不能够体贴自己,说什么娶媳妇就是要带回去给自己爸妈看的,难道世界上就他一个人有爸妈?如果他的话说得好听点……这个假设到如果就断了,田美美知道,就是说好听点自己也不会跟他回去,她是铁了心不会让自己妈妈独自过年的,没个贴心的人在身边,这一辈子她妈妈的苦就白吃了。和惠小军吵架的时候,自己的话说得也很刺耳,她说:"嫁给你不是为了给你爸妈看,要是你爸爸死了我会跟你回家过年的。"她的意思是,如果惠小军爸爸的情况和她爸爸的一样,她会考虑的。但惠小军不这么理解,这句话听来像一句邪恶的诅咒,他立刻像中了邪一样,眼露杀人的凶光,扑上来。他们俩扭在一起,不是恩爱亲密,是打架,惠小军要扇她嘴,她双手用力架住他的两个巴掌,脸左躲右闪,脚不歇力地寻机踢他。他竟然因为一个假设要打她!既然他刻意误会她——他应该知道她的话不是诅咒的意思——她也不会解释,谁让他先不讲理。

"不跟我回家过年,咱就离婚!离婚!"

那时的话,现在想起来,还是心疼,刀尖子戳进了心脏。

如果自己和妈妈一样,婚姻倒是能继续下去的,不过那样肯定影响幸福的感受,一段完美的婚姻难道还能容忍自我压制的存在?她田美美就是不想做妈妈这样的人,苦全吃到肚子里,还对别人微微笑,她要直接表达自己的需求,让对方主动体贴你、照顾你,感谢你的辛苦付出。惠小军做不到,他们只能拜拜。你看这个年,如果不是她执意要回家,爸爸病在医院,家里的担子妈妈一个人挑着,有苦说不出,她这个做女儿的怎么能安心?

也不知道惠小军是怎么跟他父母解释他一个人回家过年的,大约跟她一样,只说两头过,暂且不说离婚。

爸爸手术后恢复得还可以,能喝少量的粥了。田美美张罗着,三个女人尽量精简,但还是大包小包地拎去医院。按说医院是不让那么多家属进病房的,但是大年夜,同病房的另两个人都被接回家了,剩了两个床铺,就他们一家人,医生护士就不说什么了,只是别闹出太大声音,影响别的房间休息就行。

爸爸心情很好,坚持要坐起来,田美美就把床摇竖起来。她一边在床头慢慢摇,让爸爸上半身的那半张床缓缓升起,一边指挥站在一边的妹妹,给爸爸腰上加塞枕头。妹妹忙把另两张床上的枕头拿过来,小心翼翼地托着爸爸的身体,笨手笨脚地塞进去。这个妹妹,真的被妈妈宠坏了,别人做事她完全没有眼风,瞧不出自己该做什么。

妈妈在卫生间里洗带来的碗筷,家里煮好的菜是用保温桶、保温盒一盘盘地装着带来的。田美美把另两个空的床头柜推到一起,铺上一块红桌布,就成了方方正正的一张小餐桌。田美美又嘱咐妹妹端凳子,帮爸爸把床上的便捷桌架起来——爸爸的年夜饭是一碗薄薄的白米粥。

如果不是心疼妈妈过得太辛苦,田美美是不会嫌弃爸爸万事不拿主意的——他待她还不错。他看起来对家庭的贡献确实远不如妈妈。虽然他们俩都是二婚,田美美私下里一直觉得爸爸祖坟冒青烟,先逃脱了一个悍妇的手,后娶到妈妈这样的贤妻,真是前世修来的福气。相对而言,妈妈的福气就没有他好,亲爸爸病逝之前,妈妈过的什么日子,田美美是有所记忆的。九十年代初,他们家就有照相机了,现在田美美至为珍贵的财富之一,就是有几百张小时候的照片,几百张!现在这个爸爸无论家底还是能力都没有自己亲爸爸强。但怎么说呢,只要妈妈愿意,田美美就不反对。

这是一个特别的年,一家人聚在病房里,没有电视,联欢晚会也看不上。妈妈在三个女人的碗里倒了橙汁,端碗先祝妹妹明年考研成功,将来找个好工作;又祝姐姐新婚快乐,早点生个孩子,顺祝女婿惠小军发展得越来越好。三个女人互敬过后,妈妈带领姐妹俩一起敬爸爸,祝爸爸身体健康、越来越年轻。爸爸一直倚着半张床,看着她们三个,见她们转向自己,忙端起粥碗和她们碰碗,他说:"祝你们三个,我最重要的女人,平安幸福。"他说得很动情,语速缓慢,每一个字都是深思熟虑的结晶,眼里还含着泪水。

病房里开了空调,很温暖,此刻,因为互相的祝福,氛围也很温馨。田美美第一次见爸爸这么煽情,就说:"爸爸你给我们讲讲你和妈妈的爱情故事吧。"妹妹也眨巴着眼睛附和:"说说吧,说说吧,我特想听。"

他们俩结婚的基本情况,姐妹俩是知道的,妈妈比爸爸大两岁,妈妈前夫意外病故,爸爸是和前妻离婚的。他们俩是找个伴凑合过日子吗?田美美一直有这样的怀疑,她好几个朋友都来自组合家庭,据说有的家庭经济上基本是AA制。几个同样类型的孩子里,就田美美一个是改了姓的,有这必要吗?虽然每年还会和奶奶、姑姑们走动来往,自己身上也还是流着赵家的血,但她们看自己的目光全然像个外人了:他们表现出一种对她的不在乎,是的,赵家子孙满堂,男丁兴旺,不缺一个女孩儿。他们的不在乎表现得那么集体又得体,关心的话不少一句也不多一句,弄得美美有时甚至怀疑,他们对自己的轻慢从性别之初就存在了,姓氏只是一个更合情理的借口。而田家呢,虽然说话时亲热得很,但到底有些隔着,不如对妹妹那样肉贴着肉——看着满眼都是喜爱。矫情地说,除了妈妈,有时候田美美都不知道自己的归属在哪里,她是谁家的孩子?

爸爸沉浸在感动中,他说:"我和你妈妈认识的时间,算起来比美美的年龄还长。"

姐妹俩顿时一精神,好奇万分,他们俩难道是传说中的婚外情?

"我们原先是一个工厂的,"妈妈说,"他是厂里的技术员,我是厂医,我厂医一直做到厂子倒闭。他呢,结婚后就离开了厂子,去过很多地方,做过销售,开过快餐店,还卖过煤,直到离婚,后来和我结婚,你们看到的他是一个工艺品店老板。厂子倒闭后,我就在药店工作了,直到现在。"

"停停停,不要听这个,快说你们是怎么发生感情的?"妹妹着急地提醒。

"我到你妈那里去看过病,那时候……"爸爸慢慢地回忆,过去是一块好滋味的糖,藏在角落里,寻找它的人满是甜蜜的忧伤。

"那时候你就喜欢上她了是不是?"妹妹插嘴说。

"喜欢是喜欢,你妈妈年轻时长得可漂亮了,厂里的小伙子都喜欢,而且快结婚了,对象条件很好,我那个时候可没有胡思乱想的。"

"别听他胡说,他那时候谈着一个呢,哪里顾得上我。"妈妈纠正他"喜欢"的说法。

"那你什么时候开始胡思乱想的?"田美美抓住他的话追问。

"跟钱红离婚后,人家给我介绍了好多,我都不喜欢,说实话对感情生活失望了,跟钱红结婚五年,我被她折腾得想死。正好别人给我介绍一个没了老公的,名字听着很熟悉,就跟介绍人去看看,谁知一看是你妈妈。"爸爸转向田美美说。

"然后你就开始胡思乱想了?"妹妹接着爸爸的话说。

"是啊!"爸爸笑着,老老实实地回答。

大家都跟着笑起来。爸爸还是挺有才华的,两姐妹知道,他是当时厂里最早的一批大学生,去年市博物馆的美术展还有爸爸的绘画作品——他业余爱好书画啥的,只是他做什么都赚不了钱罢了。他的性格也慢,好像左赶右赶也赶不上时代发展的脚步。

"你们谁向谁求婚的?"妹妹问,她以为爸爸妈妈年轻的时候也流行这些仪式。

"是你妈!"没想到爸爸却有答案。

"哦!"两姐妹尖叫起来,没想到是妈妈,她平时不声不响的,完全看不出浪漫成分,似乎也没多大的主张。

"妈妈,你以前过日子从来没有为钱操过心,你怎么做出这个选择的?"趁着气氛好,田美美赤裸裸地问。妈妈改嫁后,逢年过节祭祀啥的,美美每次去爷爷奶奶家,姑姑伯伯叔叔们总会背着妈妈对美美说妈妈的选择不正确、没眼光,"日子过得哪有在我们家舒坦?"后来甚至连他们的孩子们都这样看妈妈——傻女人。田美美对爸爸的不满,大约也是受了他们的影响,总觉得妈妈的选择牺牲太大,如果与爱情无关,那就更加不值。所以,出于对妈妈的维护,她内心更赤裸的疑惑是,你清楚你的感情吗?不会是在当时的处境下有人追求就迫不及待地感恩对方吧?

妈妈没有生气,她看着美美,也看着小莉。她们俩呢,也直直地盯着妈妈的眼睛,想知道答案,今天这聊天内容太吸引人了。就连爸爸也像一个渴望老师说出故事结局的孩子,目不转睛地看着妈妈,他的目光可以用"柔情蜜意"来形容,似乎在鼓励她说出来。

妈妈喝了一口饮料,这个过程仿佛沉淀一碗水,她的动作轻轻的、慢慢的、自顾自的,然后她在孩子们的急切注视中决定揭晓谜底。她说:"有钱的日子,的确不用为钱操心,但感情上,我操了太多心;跟你们爸爸在一起,除了钱,我没有为别的事烦恼过,钱是可以赚的,多用少用啥样使法,度可以把握在人手里;值不值得,怎么算幸福,每个人都有自己的想法,我的想法是,日子过得踏实、心安,一家人心往一处靠,就是幸福。"

两姐妹为妈妈的这番话鼓掌,难得听到妈妈长篇大论,没想到头一次就听到这样的高论。田美美更是第一次知道,妈妈和自己的亲爸爸可能有一些不能忘记的过节,虽然出于对逝者的尊重,她不方便说太多,但她隐隐感觉到妈妈前一段婚姻对后一段婚姻的影响。无论如何,妈妈表态了,说明她是幸福的,她愿意为这幸福去付出。虽然她的高论只字未提"爱"。

"爸爸,请问面对妈妈的求婚,你是怎么做出选择的?"田小莉握住一双筷子,假装记者采访,问爸爸。

爸爸正欲回答,走廊里传来一阵凌乱急切的脚步声。一家人的问答被打乱了,田美美三步两步开门跑出去,接着妹妹也出来了,走廊里站了好些病友和陪床家属,都在看出了什么事。直到从拐角病房里出来几个大声哭喊的人,大家才知道,是306号房的胃癌患者去世了,他做切除手术半个月了,恢复得似乎也不错,谁曾想这两天突然开始发烧、抽搐、呕血。从亲人的哭喊声里,她们得知,这个死者才五十三岁,儿子才刚工作,还没结婚,自己辛苦半辈子,还没轮到享福。

姐妹俩神情黯然地回到病房。再好的日子,也阻挡不了死神的突然造访。

关上门,还是能隐隐听到外面的哭声,因为死者的突然离去,一个小世界乱了,他们的手足无措、慌乱无依全在哭声里。

爸爸说:"美美替我和你妈拍张照片吧。"美美说好,小莉也凑上来,拿出各自的手机。妈妈坐在床沿上,靠着爸爸,她看起来那么小鸟依人,完全不像刚才说出那番大道理的人。

然后他们四个人互相拍照,最后田美美请了服务台的一个护士,帮他们拍了一张大年夜的全家福:爸爸妈妈靠在中间,美美站爸爸这一头,手扶着爸爸,脸和爸爸贴在一起,小莉站妈妈那一边,手挽着妈妈笑着,像两朵姐妹花。小时候拍全家福,妈妈都这么安排次序,美美此刻突然体会到妈妈的用心,把对方心爱的放到自己身边,把自己心爱的放到对方身边,这种交换里包含彼此完全的信任和自己预备的付出。

拍完照,她们坐下来闲聊。妈妈拉着田美美的手说:"丫头啊,我有你爸爸陪着,妹妹也在家,这么多人,你没什么不放心的,明年陪惠小军回家过年,你们俩这样分开,他会很伤心的,不好,我也不安心。"妈妈像是知道女儿的故事一样,今晚有意给她一个年的注解——她过得挺好。

田美美无言以对,她不能告诉妈妈真实情况。她不忍心妈妈为她担心。

爸爸躺下休息了,妈妈帮他披好被角,坐在他身旁,拉着他的手,有一下没一下地捏着关节。他安心地闭着眼睛,像睡着了。他像她的孩子,她愿意做他的妈妈。

姐妹俩并排坐着,妹妹奇迹般地变出一本考研书,一边看,一边时而回一下短信,短信让她抿着嘴不停地笑。田美美无聊地想心事。三个女人坐在一起守岁。

窗外,远处黑色的天空上开始有烟花绽开,有鞭炮的声响。这个时候,联欢晚会上主持人们会带领着大家开始倒计时迎新,10、9、8、7……旧年就要过去,新的一年马上来临。从大学谈恋爱开始,到工作后同居,虽然这么多年田美美和惠小军过年不在一起,但心里一直互相挂念对方,除夕晚上要打好几个电话。这旧习像旧病,到了同样的时刻要发作。今年是结婚后的第一个年(虽然离婚了),有个声音在心底呼唤。该不该给他打个电话呢,好聚好散,也该祝福彼此又大了一岁,做不成情人做朋友嘛。田美美知道自己吵架时有些话说得太过了,因为心里有了歉疚,她便觉得打电话过去有点认错的意思,她是低不下这个头的。她犹豫着,又想起另一句话,"离婚了,就别来找我",人家不是也有这种说法吗,离了就离了,快刀斩乱麻的田美美怎么能婆婆妈妈?

天空的爆竹烟花响成一片的时候,田美美的手机也跟着唱起了歌,她一看是一个陌生电话号码,她接了。电话里的人祝她新年快乐,幸福安康。是惠小军用在陕西老家办的临时卡打的,他吞吞吐吐地说习惯了这个时候给她新年祝福,祝福了才睡得着觉,他说着自个儿先笑了,田美美在电话这头也跟着"扑哧"笑了,他是极要面子的人,可以想象出他在电话那头被这个电话逼得抓耳挠腮的傻样子。然后,惠小军的爸爸、妈妈、妹妹轮流抢了电话祝福她。惠小军也没有告诉家人真相。他们俩真像,不是一家人不进一家门。

田美美笑得流下了眼泪,心里的冰融化了,痛变成了酸酸的甜。妈妈和妹妹笑话她,分开才几天就哭成这个样子。她们也抢了电话祝福对方:"亲家公、亲家母祝你们身体健康,美美不懂事,心疼她爸爸生病了,明年她跟小军一起回家过年看你们……""姐夫,祝你早生贵子……"爸爸也醒来了,接过手机:"祝福亲家公、亲家母,我身体好多了,你们放心,让小军别担心,一过年我们就把美美还给他。"电话那头,声音乱成一团,像几个人一起凑在话筒上,他们说,让美美安心在家照顾爸爸,路远他们不方便过来照顾亲家公,很过意不去,有美美在家,他们就放心了……

远处的天空在热闹的烟花盛宴里安静着,新的一年来临了!

田美美对着幽远的夜空,心里有了新的明天,她默默地对那个已经到来的日子说:新年,你好!

老同学

一

星期六早上,都七点半了,儿子房间还没有动静,孙学礼有点着急了。他准备去敲儿子的房门,觉得不妥,又下来,楼梯处发出"乒乒乓乓"的声音,也没惊醒他们夫妻两个。孙学礼像烙大饼似的,坐下去又站起来,忙个不停。等到八点,他们还没起床,儿子喜欢玩游戏,儿媳妇喜欢看韩剧,大概昨晚又折腾到凌晨才睡。孙学礼等不及了,在桌子上留了个条,说粥在锅里温着,他先走了。

约好的八点半碰头,他迟到了二十分钟。刚下99路公交车,就看见马路对面的刘彩荷。

刘彩荷一边和孙学礼聊天,一边扭动脖子。大约一刻钟,张忠民匆匆赶到了。

"老太婆烦得我头大,我都换好鞋子了,她看见我衣服上破了个洞,非要我换身衣服再出门,这一找就耽误了。"张忠民这样解释。

孙学礼和刘彩荷一起看他,果然一身新行头。他们知道老张怕老婆,刘彩荷说:"出门穿得这么体面,小孟不怕你找个小老婆回去?"

"她倒也是这么说的,"张忠民脖子一伸,得意扬扬地回答,"她说,你有本事就找个潘金莲回来。"

两人听了哈哈大笑,接着三人一起把这次报名的情况分析了一下。

孙学礼说:"诗词课得继续上。"刘彩荷同意。孙学礼去年写了七八十首旧体诗词,有两首荣登某家省级刊物,这是学写诗歌这么多年来水平突飞猛进的一年;孙学礼把发表的作品复印了几十份,在亲朋好友邻居间分发。刘彩荷把孙学礼夸了又夸,让孙学礼帮忙推荐推荐自己,孙学礼虽然不认识杂志社的人,但仗着自己是作者,便大胆地给杂志社写了一封热情洋溢的信推荐刘彩荷,没想到刘彩荷竟也发表了两首。两个人在诗词上本就是盟友关系,这下更加牢固了。

张忠民不太爱好诗词,每年都选这课是因为可以和孙学礼、刘彩荷做同学。他们三个从前并不认识,在校园里遇上了,年龄相差不大,又有许多共同经历,十分谈得来,属于什么都能说的朋友。想到往后遇到的有缘人会越来越少,他们三个便报了一个班,这样每周至少可以见一次面。还有一个原因,就是他喜欢代诗词课的翟老师。

翟老师是一个八十多岁的老头,退休后被老年大学聘来做老师。也就是说,翟老师是七十多岁实现再上岗的。有一段时间,老张像一个爱提问的小学生,跟前跟后地黏着翟老师。翟老师体格清瘦、白发银须,说话时声如洪钟,裸眼能站在讲台前读教室后黑板上贴的宣传海报,记忆力也相当好,讲课时诗词典故信手拈来。张忠民对翟老师本人的兴趣远大于诗词,经常向他请教这请教那,翟老师对张忠民的问题一向来者不拒,回答得十分详尽。张忠民听不够,这节课刚结束就盼着下节课开始。

往年,他们三人除了选诗词课外,刘彩荷还上舞蹈课、声乐课。孙学礼因为孙子小,时间上不方便,只学诗词一门课。今年孙子上小学了,他打算多报一个摄影班,如果可以的话,再报一个计算机班,学习图像处理。儿子说现在数码照片都要用到,还有网上淘宝、智能手机运用这些,他都不会,都想好好学学。张忠民今年想报一个保健养生课,但如果今年加学中医药膳学的话,恐怕书法和国画只能挑一样学了,他和老婆小孟每周有三次医院理疗安排。去年,在学校书法班作品展览上,老张有作品展出,同学们对他评价挺高;国画呢,他已经学过画花鸟、山水,今年要学画人物了,他也不想放弃。思前想后,拿不定主意。

二

孙学礼正和刘彩荷你一言我一语地帮老张出谋划策,手机响了。

儿子在电话里火急火燎地吼:"你在哪?"

孙学礼刚说到"在文化馆",儿子就打断了他:"今天圆圆小学报名,你跑那么远干什么?一大早桌上留个条儿,也不写明白,我还以为你去学校了呢!"孙子的事孙学礼没忘记,他看了下手表,笃笃定定地回答儿子:"不是说十点报名吗?还有一刻钟时间,你们现在赶过去也正好!不急!"

"怎么不急？现在人家队排得不知道有多长了？圆圆上不到这学校怎么办？"

孙学礼一听这话，也跟着急了，说："那你们赶紧去学校，别在家干耗着了，别忘了要带的材料！"

儿子这一通劈头盖脸的训话，把孙学礼研究上课的心全搅乱了。刘彩荷安慰他："肯定有学上，不要担心，政府还能让你家孙子耗在家里没处去？"张忠民说："都老人家了，孩子的事让孩子自己弄，哪有排不上队怪你的？！咱们工作一辈子了，为子女、为父母忙了一辈子，现在轮到为自己认认真真做点事了。"

三个人正叽叽喳喳地说着，孙学礼的手机又响了。儿子在电话里喊："我们到学校门口了，排队排到354号，听说今年只收250个学生，人家爷爷奶奶早上五点钟就赶过来占位了，爸，不是说好今天早上你先来排队的吗？"

或许是年纪大了，孙学礼一点都记不起这件事了，一时间想不出一句辩解的话。

孙学礼儿子在电话里吼的时候，刘彩荷、张忠民都听到了，便一起劝慰孙学礼，孙学礼的心情这才好点了。

孙学礼赶到家，已经是中午了。家里没有人，早饭在桌上没动过。孙学礼把早饭当中饭，将就了一顿。心里还是有些不得劲,自己怎么忘了儿子的嘱咐呢,早上五点去排队对他来说绝对没问题呀,四点多他就醒了,悄悄在房间里看了一会儿书,又听了一会儿收音机里的早场评书。他五点去排队,提前跟儿子说好,让儿子八点钟到小学门口换他,不耽误跟老同学碰头呀!孙学礼把已经错过的事在脑子里重新捋了一遍,越想越觉得儿子气生得对。他狠狠地敲自己的脑袋,忽然又想起了什么,起身把家里的抽屉、柜子一个个打开,把里面的东西一样样拿出来再一件件放进去。

儿子回来并没有对孙学礼发脾气,原来排队编号只是用来规范秩序的,今年学校设了分校,按居住地划片分流,缓解学校压力,孙子被划在本校区。在登记处审核材料后,老师把孩子带到楼上教室"做游戏"去了。直到孩子从教室里出来,儿子才知道所谓的"做游戏"竟然是面试。天哪,他们事先毫无准备。问孩子"做了哪些游戏",孩子驴唇不对马嘴地说了几题。校门口花坛边有两个一起出来的男孩在等大人,他们便上前问那两个男孩,男孩们东一点西一点地说,似乎比儿子表现得还要差些,他们这才放下心来,一家三口在外头的小饭店里吃了午饭,庆祝柳暗花明的一个上午。

可是孙学礼的心情却轻松不起来,他不担心儿媳妇责怪,而是为自己到目前为止也没想起儿子的嘱咐而懊恼。前些年自己就意识到记性不好了,但凡是重要的事他都会在脑子里背几遍,后来又学会了用本子记下来。今天这事,要不是儿子打电话抱怨,他都不知道自己竟然把记事本弄丢了。

三

过了几个星期,刘彩荷打电话给孙学礼,要他看今天的报纸。孙学礼忙到楼下买了份《云城日报》,报里有一则关于老年大学的新闻。大致是说,为了解决老人就学紧张问题,让更多老人有机会重回校园、提高学习效率,学校引进了新的师资力量,并改革了招生制度,今年将不再为同一科目学习超过两年的学员自动保留继续学习该科目的资格。报纸还打趣说,好些科目出现"老赖"学员,同一门课连上数年,使新学员没有学习该科目的机会。刘彩荷、张忠民他们俩是赖了五年诗词课的老赖,孙学礼自己上诗词课已经连续八年了,虽然班里同学每年都有变化,但是像他们这样几年不挪窝的还有十几个。

这则新闻让三个同学慌了手脚。

老张按照报纸上的电话给学校招生处打电话,问了现场报名的时间、地点:8月27日上午九点钟在招生办公室。他们三个怕报课的人太多,去晚了轮不上自己,约好早上五点钟就到学校排队。

到了那天,孙学礼四点就出门了。八月的凌晨,天已经微亮,立秋过去半个月了,空气温凉清新,孙学礼打的到刘彩荷家的栖凤苑,刘彩荷早就在香樟树底下等他了。

他们五点钟准时赶到学校,刘彩荷又打电话给张忠民。

报名很顺利。拿到科目表后,他们看到今年的诗词课新增了一个五十几岁叫李学昌的老师,他们讨论后依然选择报翟老师的课。等全都弄好,看见急匆匆赶来的人,他们心情很愉快,庆幸自己赶早了。不急着回家,可以边走边聊。

孙学礼说了自己的烦心事儿。

他女儿嫁到距云城五百多公里的月城,生了一对龙凤胎,孙学礼的老婆杨素云从龙凤胎呱呱坠地开始就在月城女儿家带孩子。龙凤胎实在不好带,亲家公就搬过去,和杨素云一人负责带一个。亲家公带男孩儿,杨素云带女孩儿。这种理所当然的分配,一开始杨素云还没什么不满意,可是俩人带孩子的习惯不一样。杨素云细细回想这种分配,她觉得亲家公把她当外人,把孙子占为己有了。杨素云许多次在给孙学礼的电话里发誓,说要甩手不干,回云城带自己的孙子,让老头子自己带两个试试。杨素云也的确置气不管过,自己回云城住了一段时间。可是女儿哭哭啼啼地打电话过来,原来杨素云走后,老头子依然只带孙子一个人,而且孙女跟着老头子吃不惯玩不惯,女儿整天焦头烂额地收拾烂摊子。于是杨素云只得气哼哼地回到女儿家,继续带外孙女,说到底她还是心疼孩子。这学期两个孩子都上四年级了。这些事儿,刘彩荷和张忠民都知道的。

三个人一起走着、聊着,时间显得那么短暂,一晃就中午了,三人找了个小饭店坐下来吃午饭。今天轮到刘彩荷做东。

点的菜很清淡,除了刘彩荷喜欢吃的水煮肉片每次必点外,他们几个大多点一些蔬菜,一再对服务员嘱咐:少放油、盐、糖,张忠民还让服务员把这些要求用笔写在他们的点菜单上。刘彩荷总是哈哈大笑:"再这要求那要求的,人家厨师不干了,烧出来的东西影响口碑啦!"

孙学礼小学学历,曾在距家十几里的乡村小学学习,那时候他年纪小,啥都不懂,记忆浅而短暂,况且对于那所乡村小学来说,他是外乡人、陌生人。因此他特别羡慕别人参加同学聚会,可以一起回忆许多共同经历的往事,那是一种怎样的特殊感情呢,他真是好奇。对于同学,他脑海里一片空白,想不起一个名字、一张脸,也想不起和他们一起做过什么值得一说的事。后来他得了机会,在一个师傅手底下学习,成了个算账先生,师傅先后带过五个徒弟,虽然难得见面,也以同门师兄弟相称,可同学情谊却是没有多少。

有同学真好,可以一起学习一起经历。孙学礼很是沉浸在这些说不具体的美好感觉里。

四

老年大学正式上课的前一天,儿媳妇对孙学礼说,圆圆每天下午两点半放学,放学后如果由托管班接走,托管费贵不说,还浪费孩子时间,什么都不能学,她和家勇之前就决定给圆圆报兴趣班。英语、围棋、机器人、篮球……时间排下来,孩子一周七天,就剩两个下午是空的。孙学礼脸色有点不好看了,"孩子学这么多,哪还有时间玩儿呢?"他不由得把这话说了出来。儿子过来替媳妇帮腔:"爸,我们知道你也想上学,我们也支持,可是你看现在的情况,你能不能调整一下你的课？实在不行就像去年一样，一周上一节？"

见父亲为难的表情，儿子又说："爸，你上课顶多是个消遣，圆圆上课可是挣前途的，你就再坚持一下吧！"儿子说的是实话，老人上课哪有孩子上课重要，孩子学到身上的知识长成本事就跑不掉了，老人却是前学后忘，一个诗词课学了八年才发表两首，就这一点，孙学礼知道自己被说服了，他没跟儿子说同学的事儿，怕被埋汰。

正式开学了，孙学礼到学校退了摄影课、计算机课，负责登记的老师什么都没问，对这些"老学生"的举动表示充分的理解。那天上诗词课孙学礼好是难受，翟老师没来。李学昌老师的普通话带有浓重的地方口音，讲课的语气也很轻狂，不把老人家放在眼里。孙学礼他们三个拿李学昌的术业有专攻和翟老师的自学成才一比，倒有些瞧不起李学昌。熬到下课，他们三个挤到办公室去询问翟老师的行踪，得到一个噩耗，翟老师暑假里坐地铁的时候不慎被人挤出车门，从车的台阶上直接跌到站台上，不久竟然死了。

三个人悲伤至极，在这里上了这么多年课，同学年年有变化，有些同学还没来得及熟悉就因为各种原因离开了，他们也难过，可是没有像翟老师这样让他们悲伤的，他们经常夸赞谦厚可爱的翟老师一定能长命百岁。

张忠民把眼泪擦了又擦,闹起脾气来,非要拨打翟老师的电话。接电话的是翟老师的爱人,她说翟老师身体一直很好,从地铁里被挤跌出来也没跌断骨头,只是跌疼了一时起不来,在地上又羞又恼地坐了半个多小时都没有人扶他,回家后心情就很差,他说被挤出来的时候听到人群里有人说了这么一句:"这么老了还到处免费蹭车,挤坏了再赖人,老不要脸!"这句话让翟老师回家后一直觉得心口疼。他们三个跟着在电话里长吁短叹,骂这世道人心,又说了些仗义的安慰话,让师母放宽心,继续好好生活。

连续好几个星期,孙学礼上李学昌的课都不能全神贯注,脑子里全是翟老师的影子,赶都赶不走。张忠民坚持了两节课,改报了武术,武术班正好有人生病退课,空了位置。

孙学礼的时间给了孙子,这学期他只能上一节诗词课——这是他们三个唯一能碰头的课,张忠民改了武术,孙学礼的"老同学"瞬间少了一个——两个老头子一个住城南一个住城西,完全是一起学习积累起来的缘分,打电话能说什么呢,还是见面的好。

这天诗词课,刘彩荷没来,这是这么多年都没有过的事情,孙学礼课上到一半,举手说要上厕所,跑到教室外的花坛边给她打电话,电话通了但没人接。她不是没数的人,一般电话响几下肯定能听到她那唱歌般的声音:"哪位呀?"无论是谁的电话,她都喜欢这么开腔,好像全世界认识不认识的人都爱找她一般。孙学礼连着拨了好几个电话,都没人接。他想了想,找出彩荷女儿的电话:"小许,我是孙伯伯,你妈今天怎么没有来上课?"

孙学礼这个电话打得太及时了,小许赶到家才发现,刘彩荷躺在地上,脑溢血。据两个星期后躺在病床上的刘彩荷回忆,那天早上和她女儿早已离婚的无赖女婿又打电话过来,要求看小小许,她很生气地臭骂他一顿。这样独自舌战无赖的早晨已经有很多年,早就习惯,她虽然嗓门大,却并不真正怒火入心,只是虚张不服输的声势而已。打完电话,她整理了书本文具准备出门,忽然想起最近创作的一首诗要带去给老师指导,"岁晚身何托,灯前客未空。半生忧患里,一梦有无中。"北宋诗人陈师道《除夜对酒赠少章》的诗句常现脑海,她仿照意思和形式写了一首。想当初翟老师讲到这首诗时还很开心地说起他当年下放农村的事,"忧时徒有激情在,悲己愧无壮志存。他日逢君何以对,半生寂寥一生贫。"他在讲台上现写两句诗总结他四十多岁回到城里的感受。说到师母与他相遇那一章节,他又满脸红光,吟起刘禹锡的《酬乐天咏老见示》,"经事还谙事,阅人如阅川。

细思皆幸矣,下此便翛然。莫道桑榆晚,为霞尚满天。"刘彩荷说当时她满脑子都是翟老师教他们的诗,突然眼前一黑,之后的事情就完全不记得了。

五

那天一大早,孙学礼起床准备上课的东西,把老师上一节课讲的诗又背了一遍——他规定自己每天早晚都要背十遍,他过惯了有目标的安心日子,但是很显然每天背十遍的效果很不理想,他翻来覆去只能记住两三句,总有一句需要看书,脑袋就像一个存不住东西的筛子,放进去的东西穿过它又瞬间消失了。他失去信心,坐在床沿上,翻开新的记事本,一条一条看上面的记录,昨晚整理的今天要做的事:

早饭,血糯米粥,牛奶换酸奶。

背诗词,上课,84路公交车。

给素云打电话。

问候老同学。

圆圆跆拳道课,四点,南瓦路世纪大厦1栋608室,15路到底。

晚饭,圆圆要吃带鱼。

再往前翻:

物业费450元,提醒儿子交。

空调机漏水,中午维修工过来,电话:67390101。

询问户口改名的事,派出所小郑,电话:68903524。

给芦荟翻盆,去市场买三只瓦盆,一盆给小玲。

两点半接圆圆,围棋课,上岗街56号小星星围棋学校,2路转91路。

上周,伞落在围棋班,拿回来。

给素云打电话。

昨天买的素鸡付了钱,忘拿东西,找摊主要。

生日,给素云打电话。

……

他惊讶地发现自己整日里忙了这么多事,如果没有记事本,他大部分都想不起来了。他看到有的事情后面打了钩,知道那件事情完成了,有些事情后面没有钩,也许是忘了做,也许是做完忘了打钩,还有些事情他忘了记在本子上,后来就被彻底忘记了,事情的重要性因为遗忘的到来而被取消。"生日,给素云打电话。"那天是素云的生日,他早上起来想到这事,估计素云在睡觉,就记在本子上提醒自己稍后打,事实上他后来并没有打,忘记了。

心有点乱,不想背诗。他怕自己再忘记给素云打电话,于是直接拨通了她的电话,果然,素云还没起床,昨晚陪孩子做作业到很晚,她要替孩子盖被子,跟她说悄悄话。她没有责怪他忘记生日祝福,她根本也不记得自己的生日了。"昨天竞选班干部,丫头选上班长了,三十票,比第二名多了十票呢!"她高兴地说,她已经重新回到做父母的状态,好像丫头就是她自己的亲生闺女。他听素云嘶哑的声音,知道她对现在的生活十分投入,她累了喉咙便会发炎。他想起与她生了一双儿女,又因为先前工作的原因、后来房子的原因、现在孩子的原因,人生的一半时间都与她分居,这么多年竟然习以为常。想到这里,他有点哽咽了,虽然不是自由恋爱,毕竟也是患难夫妻啊。"素云,好好照顾自己的身体,我们老了,啥都重要不过自己的身体。"他说。素云正说丫头说得起劲,没想到老头子来这病恹恹的一句,她不晓得老头子心里想什么,"我好着呢,一大早的不要说晦气话,呸呸呸!"素云生机勃勃,他知道她一定还跺着脚,踩臭虫一般把他吐出的晦气踩掉。"素云。"他喊她。"有啥事快说!我还要睡会儿,这才四点半,你别折腾人啊!"素云干脆利落,说完丫头已没有别的要向男人交代。"你想我吗?"孙学礼问她,这么多年,逢年过节他们夫妻俩才团聚,他忽然觉得有些记不清她的模样了。"老不正经的!快睡觉!"素云"咯咯咯"笑起来,她算是明白老头子一大早问候她身体的意思了。

六

周末,儿子一家三口出门了。孙学礼约了张忠民去看刘彩荷。

敲门后,一个四十几岁的陌生女人给他们开门,好奇地看着他们,这是小许给刘彩荷请的阿姨小苏。一个月不见,刘彩荷像换了一个人,穿着一身白底粉花的长袖长裤睡衣,躺在美人靠上。彩荷真是个美人,她不言不语地躺着,自有一种安静美好的光芒。她听两个老同学说学校的事情、各自的事情,他俩有时争吵,有时一方安静地听另一方说话。

他们看小苏手脚麻利,照顾刘彩荷很是知轻重、有分寸的样子,便问小苏以前还在哪里做过。她起先不答话,脸上保持专业的礼貌笑容,简短应答他们的问题。后来,冷场的时间有些多,张忠民就"小苏""小苏"地喊来问东问西。

他们了解到小苏四十五岁,中学学历,跟老公来这里打工,老公做家政,帮人家擦窗、抹地板、洗油烟机,每天工作十几个小时,小苏对老公的收入很是满意。小苏话匣子打开,自己的事越说越多。"你们城里人会享受,在我们老家,老太太、老头子有个头痛脑热的连医院都舍不得去,中风了、摔跤了就在家扛着,反正不赚钱了,躺着就是休息,哪个儿女还舍得花那么多钱伺候你?没钱么,就是有钱也舍不得这么花啊!"

三个人听着,心里暗暗和那些乡下的"老太太、老头子"们做对比,"你们城里人的日子过得舒服,我们文化低,只好忙些苦钱。"小苏说。这小苏是小许从家政市场请来的金牌护理,专门护理那些不能自理的老人,每个月工资要六千,小许试用了一天,就拍板说先做半年,当即就付了三个月的工资。小许嘱咐母亲安心养病:"妈妈的健康比什么都重要。"人到晚年,贴心的儿女比黄金还贵重。

后来的谈话是从哪里讲起的?也许是张忠民追着小苏问她曾经服务过的人家,小苏不肯说,说这是他们的职业道德,不传播主人家的事。"况且,都是病啊痛的事情,你们也不一定愿意听。"张忠民说:"愿听愿听,你不要说名字,就说'那个人'。"大家都赞成。

小苏说:"那就说一个'那个人'。那个人得了阿尔茨海默病,就是老年痴呆症,他谁都不认识了,起先他的孩子们来,他虽然认不出他们哪个是哪个,但还知道他们是自己的亲人,他也能自己穿衣服、吃饭、上厕所、上床,弄得干干净净的,跟他们重复地说一些简单的话。后来他把孩子们忘了,出门不分左右,记不住自己的名字、地址,穿衣服分不出里外、脚伸不进裤管,有一回他坚持要自己穿衣服,穿了一上午,发脾气号啕大哭,又揪着大女儿的头发打。还有一回,一月份,他半夜上完厕所,找不到自己的房间,穿着秋衣秋裤在抽水马桶边的瓷砖上睡了一晚,差点冻死。再后来他连自己都不认识了,镜子里看到自己要好奇地看半天,脑子里挖不出一点关于镜中人的记忆,觉得屋子里有陌生人,怀疑有人要害他,待在角落里、被窝里瑟瑟发抖。再再后来,他整天想睡觉,大小便不能自理,筷子勺子统统不会拿了,像小孩一样用手抓,却又塞不进嘴里,怕倒是什么都不怕了,因为不懂什么叫怕了。那个人,最后在一个冬天的晚上死在自己的屎尿中。哎,那个人,原来还是一个小学校长,体面人,他们家书房里有许多他年轻时的照片,个子高高的,长得就像电视里的明星。"

大家听着,一时谁也说不出有趣的话来,都在想那个高个子的明星,穿体面的衣服,有绅士般高贵的神情。

"哎,久病床前无孝子,这话说得一点不差,那个人家已经算好的了,自己干不了,至少舍得花钱,还请了专门的护理伺候老头子。没钱人家,还不是躺在屎里尿里等死,俺们农村,要是遇上个心不好的媳妇——只能说心不好吧,还算不上恶媳妇,每天都摆难看脸色,嗓门拔直了吼,怕老人家吃饱喝足后要拉要撒,一天就给吃一顿,慢慢把老东西熬干饿死的事都有。"小苏摇摇头说。

"你们乡下,那么多双眼睛看着,就没有人说句话吗?"孙学礼问。

"说啥话,都上有老下有小的,活着已经不容易了,难不成还让家里男人不出去打工回家伺候?女人又要种田又要忙些小活赚钱,大家都苦,不互相为难。哎,真是人老无尊严。"小苏末了感叹说。

大家听得特别安静,这样的故事每天都在发生,他们不是第一次听说。可是这一次,他们忽然觉得故事离他们特别近。

"要我说,和生什么痛苦的病相比,得老年痴呆症倒也有好处,起码什么都不知道了,儿女们待他好也罢,不好也罢,精神上没有什么痛苦了。"孙学礼说。

这么说,大家都同意。但未免太悲观了些。

"吓!"刘彩荷缓慢表态,"我们的子女都好着呢!"因为语言迟缓,她的话十分精简,倒显得格外确凿可信。

"对对,你们都好着呢!你们的子女也好着呢!"小苏也说。

"过好现在,过好现在!"他们和小苏都领悟到这一句,七嘴八舌补救气氛。

他们不敢再叫小苏讲"那个人"的故事了,小苏做这行快十年了,各种病痛的老人都见识过,还是不讲的好。

七

回到家,孙学礼拽出钥匙准备开锁,突然发现家门只是轻掩着。该死的,他迅速从悲伤中回过神,狠狠敲自己的脑袋,出门时没有关门,这脑子竟然全无预警?回头看走廊,空无一人,还好这一梯两户的楼型,除了对门小玲家,应该不会有人经过这里,小玲家的人还是让人放心的。

关门上楼,儿子一家三口出去了,周日回来。只有自己一个人,他不想折腾晚饭,或许可以给素云打个电话,问问她在干什么,干劲再足也是老人家,分开再久也是夫妻啊。

经过儿子房间时,他听到房间里有说话声,儿子房间的门开了一条缝,一个自在的女声从里面钻出来,是儿媳妇的声音。她什么时候回来了?

"老头子看他女朋友去了,这会儿在干啥都不知道呢?"声音停了一下,估计儿媳妇停下来在看手表时间。"男人还不都是一样的,有小不正经,必有老不正经……他早上听说我们出去玩、住外面,自己跑出去放风了呗……他和他那女朋友要好很久了,还当我们不知道呢,哈哈哈哈……小孙都说看不出他爹还挺有魅力的……那肯定,怎么可能没上过床?不上床,在一起做什么?……和老太婆多少年不在一起了,干柴烈火呀!哈哈哈,难道还纯情地聊天?……老头子每天锻炼身体呢,按他们的年龄算,个把月弄一次还是没有问题的吧,就算这是猜测也是有依据的猜测,哈哈哈……那女人,谁晓得啊,估计情况和这边差不多吧……据说也是个老不正经的,成天打扮得花枝招展,单身,跟女儿过……一个人过日子打扮那么漂亮给谁看啊……发骚呗……哈哈哈……"儿媳妇放肆地笑着。"知足吧,知足吧,你家两个老家伙每个月巨款补贴你们……我们家两个老家伙退休工资还不够我们塞牙缝……"儿媳妇和电话那头说得正起劲。

他蒙了一会儿,忽然回过神来,儿媳妇口中那个"老头子""老不正经""老家伙"正是自己,他的头嗡的一下塞满了"哈哈哈哈哈哈"的声音。儿媳妇对他一向还算恭敬,"爸爸"长"爸爸"短的,逢年过节总要给"爸爸"买个礼物,而眼下这称呼一下子改成了"老头子",他有点头晕,怀疑记忆又出问题,一秒钟前听到的只是电视肥皂剧里的台词。

他轻轻地走进自己的房间,关上门。待了一会儿,浑身不自在,觉得这屋子到底不属于自己。当初儿子要换房,自己说服素云,把两个人好不容易住上的七十多平方的房子卖了,凑了钱给儿子买新房。儿子说反正爸爸妈妈将来和他们一起住,哪里需要单独的房子?于是便把房折换成钱,儿子自己也凑了些钱,买了个一百多平方的房子。再后来房市大好,儿子又以小换大,买了如今的大复式,楼上楼下两百多平方。孙学礼老记着,这两百多平方里有自己和素云的七十平,三分之一。可儿子儿媳妇不这么想,他们有一次吃完饭"忆苦思甜",忆起房子逐渐变大的辉煌战绩时说:"当年你那七十平只值几万块钱,你知道我这房子现在值多少?"孙学礼不知道。"四百多万!"儿子得意地伸出四个手指,当年的七十平已经缩水成四百多万的百分之一了。

孙学礼第一次明确地感觉到,虽然自己的七十平交给了儿子,可是在这个大房子里,他连十平方的房间都不曾真正拥有过,这不是他的屋子,是儿子儿媳妇的,他们把他当成外人。孙学礼仿佛听见儿子和儿媳妇在聊天,"老头子""老不正经""老家伙"……这些词语不断地从他们的嘴里冒出来。圆圆还小,但是有一天他会不会也在背后这样称呼自己的爷爷?

孙学礼找到自己的笔记本,把这件事记下来。他知道自己记忆不好,他正在对自己记忆的怀疑中加速着对人生的怀疑,他怀疑自己明天一觉醒来,会淡忘了今天的愤怒,"老头子""老不正经""老家伙"会变成世界上任何一个陌生人,而不是自己。曾在记忆力最强的人生壮年,他总想清空大脑,忘记那些塞满脑袋的人和事,让自己每天都处在认识新事物、吸收新知识、接收新感情的状态,他的大脑曾是几千号人的厂子里最可信任的,他经手的账目,领导查询时,他可以随口报出一年以内任何一个具体的数字,他人生的每一个新机会都来自他可靠的记忆。"你们看看孙学礼多么用心!"他人生一路所遇的老师、领导、长辈们都轮番这样赞扬过他。现在他大脑里的某一条神秘的绷带松了,每天都处在自动清空状态,不听主人的管理,他感到紧张、惭愧、害怕被人知道,他迫切需要自己的大脑记住一切,记住爱、记住恨,而不是沦为一个傻瓜,一眨眼的工夫就笑对羞辱他的人——在他原谅他们之前,他需要把握自己感情的每一步。

他在笔记本上一笔一画写下:

她说,老头子去看女朋友了,老不正经和那个女人上过床,那个老女人发骚,老家伙们的退休工资不够他们塞牙缝。

写下后,他仔细看了又看,知道过不了多久,愤怒和这本子会一起丢失。

于是他又在这几行字下面写下"愤怒"二字和日期。

八

孙学礼在张忠民家的电视里看到了"寻人启事"。和寻人启事一起滚动播出的是自己六十岁生日时的一张照片,以及自己从家门口出来、在电梯里的两段视频。估计儿子就是根据这段视频推断出自己这几天的衣着。寻人启事留的是儿子的电话。

他已经离家三天了,他猜测他们着急地四处打探的样子。如果他们曾经关心他,留了刘彩荷、张忠民的电话,他们很容易就能找到他。如果他们十分盼望他回去,又怎么可能找不到他老同学们的联系方式?他就在老同学家,等待他们的到来。

素云知道这个消息了吗?自己男人离家不归,她为他的处境担忧吗?按他对她的了解,想必她是要先责怪老头子的,"我们就是老家伙了,就是老东西了,你跟年轻人较什么劲?"她边说边眨眼睛,示意孙学礼不要插嘴把事情弄得更糟,"发脾气能把事情办妥,你才能发脾气,傻不愣登发个脾气,弄自己下不来台,你不是给自己找难堪吗?"他猜想素云要说的话。她一辈子要强,掌握了丰富的经验,总批评他不得要领的"要强",她罩着他,给他打圆场,他们一辈子就是这么吵吵闹闹过来的。素云担心他无家可归吗?他转而又想,他们的房子卖掉了,她怕不怕他无路可走?但,也许她和他们捏准了,他不是一个会走极端的人。他隐隐担忧,为他的从不任性,为他总是替别人考虑。

刘彩荷打电话过来询问,张忠民和小孟如实告诉她情况,刘彩荷生病过后已经不能快人快语了,她只是用缓慢的语速和充满战斗性的词语告诉孙学礼,她支持他,但如果孩子们找到她,她就会告诉他们孙学礼的下落。孙学礼很欣慰,即便刘彩荷生病后想问题、说话都放慢了几拍,但她还是了解他,他要的是一个被尊重的仪式,孩子们向他表达离不开他的感情。她也明白他的处境,就算他的房子还在自己手里,他哪能真离得开小辈儿们?

况且,孙学礼心里知道,张忠民家也不是久留之地,老同学固然出于同学情谊,愿意一直收留他,可是万一孩子不讲理,责怪他们夫妻俩该怎么办?再如果,万一在老同学家有个三长两短,岂不是要让他们承担责任?今天早上,他的降血糖的药已经吃得只剩下最后一片了。还有,他们夫妻俩的吵闹、恩爱、自由自在落在孙学礼眼里,都是伤感。他时不时想起素云,他们这对老夫妻,什么时候才能停止对儿女的操不完的心思,好好地一起生活,过几天真正属于自己的日子?都是"老家伙"了。

张忠民从外面捡回来一张"寻人启事"放到孙学礼手里:

孙学礼,男,70岁,于×年×月上老年大学途中离家未归。

身高172厘米,体重约130斤,头发花白,戴眼镜,脖子右后侧有硬币大小的褐色胎记,普通话云城口音重。离家时上身穿藏青色T恤、卡其色马甲,下身穿黑色长裤,咖啡色运动鞋,随身携带儿童小书包一只,内装老年大学用书。如本人见启事请速回家或与某某联系,家人非常着急。如有知其下落者请与孙家勇联系……

孙学礼反复地读这张寻人启事,像从前在街头细读别人的寻人启事一般,认真地读故事中的陌生男主角,他想知道那个人怎么了,他还想知道那些"非常着急"的家人们正在怎样地着急着。

人的教育

教育是一个大事情,其重要性既在于我们每个人无论是否觉察都需要终身学习、接受教育,也在于教育的结果从点滴开始便跟随我们一生。因为其大,没有获得教育实践大成就者通常不敢妄谈教育。

我也一样,这个系列小说写作之初,我只是想写写眼前应试教育中的人,展现学生、老师和家长共源又各异的困境,他们的必须和不得已,因为我们都先前是学生,而后是父母。但在写作的过程中,随着思考的逐渐深入,教育问题的根源逐渐显现出不限年龄、不分领域的广泛性和复杂性——假设"问题"这个概念的界定能够达成有效共识,那么有些问题是教育机制、教育方法造成的,这属于原则上可以不断更新升级的技术部分,更多问题是"人"本身造成的,这属于根深蒂固、构成教育阻障也可能形成教育特色的部分。"人"的问题吸引着我,使我把小说逐渐铺陈开写成一个旁观妄谈系列。

教育面对的是人,生而为人的动物性需求与社会性规范交织,每个年龄阶段自带的梦想、成长、反抗、突破,社会道德和自我探索的冲突,身体与心理的伤害或记忆,性格与人格的培养,童年的渴望与中年的衰朽,生活的意义与努力的焦虑,家族观念素养的良性或恶性遗传……明白了这些,教育的内容不再是知识教学、思想品德养成那么简单,教育行为也变成了一个巨大不可尽谈的工程。教育是关乎"人"的问题,"问题"发生前是漫长的潜伏期,"问题"发生后是方向不明的迷惘期,"问题"解决时还有缓慢而绝望的疗效期。从这个角度上讲,终身教育的概念完全是一种源于人性愚昧固执的必需,每个人都必须在教义不同的学习中完成新的成长,以达到新的"完整"。

绝对的完整与完美并不存在,这不只说人,也说教育,并且两者有紧密的互成关系。教育界曾流行一句非常励志的话:"没有教不好的学生,只有不会教的老师。"这种片面绝对地强调教育功能的言论,忽略了天生情智被改造的难度,忽略了人性深处野蛮生长的特质需求,也忽略了人所为人的深厚土壤。

秉承"玉不琢不成器"的教育观念,孩子们的"问题"被放在舞台的中央,在灯光照耀下无处遁形,而雕琢者的刀法、审美、判断、需求等沿袭自他们自身所受教育的特殊性、引导性,甚至毁灭性,但这些问题却难以被发现,也不会被追究。

某著名教育专家曾坦承自己在对学生的教育中犯了很多错,他敬业职守、三省己身的精神令人敬佩。那么什么是正确的教育?教育有规律可循吗?所有参与到教育中的人,父母老师、长辈朋友能像这位著名专家一样清醒地意识到自己的问题并努力研究人的秘密以开拓教育的方法和边界吗?当然不可能,且不说教无定法、孩子不同、家庭不同、责任不同、观念和目标不同这些客观因素,光是有关对错的判断就具有强烈的个人性、地域性、时代性,更何况成人内心里的孩子有时干扰他成为真正稳重成熟的人,他们会努力向下一代传递天真拙稚、鲁莽惰性的"问题"基因。

教育不仅是在园子里种下植物庄稼,还是剪枝、除草、施肥,而对"杂草""斜枝""肥料"的判断有时会很不相同。这个小说集试图从教育学习的现场进入,并有所展开,试图展现某些与学习有关的大教育概念,某些困境中教与学、人与人的关系,某些师生互换的场景,某些问题诸多潜在的原因,某些普遍存在的判断和影子,某些可能从屡教不改的下一辈"恶习"中看见的自己,某些不能随年龄与经验一起成长的固执,某些成功快乐幸福的象征,某些我们,某些人。

写作过程中,我常常被困境中的他们教育,被自己如此虚构的忧心忡忡教育,被只能展示不能判断的矛盾迷惑教育,被人性本真的坦然与隐藏教育。是的,所有的教育,归根结底都是人的教育。但谁能教育谁?从绝对"学高为师,身正为范"的伟大理论上讲,大多数教育者还太虚弱,还处于自我教育的进程中,还在艰难的探索中明白最原始的道理,无论那些道理关于学校、家庭还是社会。

那么先从人开始。所以,从本质上讲,这本小说集讲人。

最后,说明一下,我并不是教育专家,只是一个做了父母而自己还没有长大的困惑者,一个由自身所见好奇于他人所涉的虚构者,想要从小说出发,去往现实。

愿这部小说集有助于我和与我一样有志于探寻谜底的人寻得宝藏的一点点踪迹。